庫 JA
135〉

黒猫の刹那あるいは卒論指導

森 晶麿

早 川 書 房

7271

黒猫の刹那

あるいは

卒論指導

目次

黒猫の刹那あるいは卒論指導

プロローグ

空は――白かった。

せめて雪が降らなくてよかった。いつもなら雪も大歓迎なのだけれど、草履《ぞうり》をはく日ばかりは少々ご遠慮願いたい。

振袖の上からショールを羽織っているから身体は暖かいのだけれど、足袋《たび》に草履では足先は冷たい。昔の日本人は大変だったのだなと年始早々妙なことに感慨を抱きながら先を急ぐ。

向かう先はS公園――ではなくて、S公園を通り過ぎたところにあるS神社である。

――初詣、行こうか。

黒猫から思いがけず誘いがかかったのは、ぼんやりと炬燵《こたつ》に入ってみかんを食べつつテレビから流れる除夜の鐘を聞いていたときのことだった。

集合時間を確認して電話を切り、母君に明日初詣に行ってくるよと告げると、にんまり笑って母の部屋へ誘われた。

何のことはない、自分が若かりし頃に着ていた振袖を着て行けとの仰せ。以前、大学の卒業式に一日だけ袴とセットで拝借したことはあったけれど、着るのも脱ぐのも母頼みで、当然作法も何もわからず猛烈に肩が凝った記憶しかなかった。そんなわけで、深夜に着物の着付けスクールが開校したのだった。

おかげで眠い。

しかし、苦労の甲斐あって着こなし方やふさわしい所作だけは一通り覚えられた。歩き方、座り方、階段の上り方……着るものが変わるだけで、人間の所作はここまで変わるものなのか。

——黒猫クンだって振袖姿が見たいんだと思うなぁ。

やけにニヤニヤしていると思えば、案の定そんなことを考えていたか、と思いつつ、頬が赤くなるのはどういうからくりだろう。

——ないない。「初詣には美の心がある」とか言いたいだけだよ。

母娘二人は昨夜そんな戯言を言い合って盛り上がった。

その黒猫と、S神社で待ち合わせることになっていた。

時刻は午前十一時。

黒猫の付き人になって、ようやく九ヵ月——。最低でもあと二年、博士課程を終えるまでは彼の付き人を続けることになるのだろう。

「腐れ縁もいいところだよ、まったく……」

独り言を言いながらS公園に向かう途中の信号機のところで、先週の夜にここを訪れたときのことが、ふと思い出された。

あの夜の空気ごと、まだ身体の中に記憶されていた。

この九ヵ月、黒猫とはいろんな出来事に遭遇したものだ。それは学生時代もそうだったのだけれど、やはり大学卒業後二年のブランクが、二人を成長させたことを実感させる九ヵ月でもあった。

少なくとも、黒猫はだいぶ変わってきた。

思考が洗練され、同時に攻撃性をオブラートに包む術も多少は身につけてきている。

フッと笑みが漏れる。

大学四年のとき、初めて黒猫を見て、いけ好かない青年だと思った。当時はまだ、毒気を含んだ彼の話法に警戒心を抱いていた。

そんな黒猫への印象が——少しずつ変わっていった。

思えば、黒猫への気持ちが柔らかく変化していくのと、ポオ研究に正面据えて取り組む覚悟を決めるプロセスは、いつも足並みを揃えていたのだ。

美学と向き合いはじめた最初の一ページに、黒猫はいる。

まだ研究の門前で迷う自分に、同じく学生だった黒猫がしてくれたレクチャー——あれは、ある種の卒論指導だったのではないか。

そんな風にも思われた。

記憶は、彼と知り合った最初の場面へとさかのぼっていく。

黒猫とともに歩いた季節を、手繰《たぐ》り寄せる。

最初に口をきいたのは——三年半前の五月のことだった。

第一話　数寄のフモール

■落とし穴と振り子

The Pit and the Pendulum, 1842

異端審問にかけられた語り手は、独房らしき暗闇の中で目を覚ます。裁判で死刑を言い渡されて以降、いかなる経緯でこの状況に置かれているのかわからない。闇雲に歩き回った末に疲れ果てて、語り手は眠りに落ちてしまう。目覚めて周囲を探ると、パンと水差しを発見する。それらを食べ、さらに歩き回って探検を続けた語り手は、独房のなかに落とし穴があることに気づく。穴に落ちて死ぬよりも、暗闇で精神的苦痛に苦しみながら死ぬほうがましだと考えた語り手は、独房の壁際で改めて周囲を観察する。どうやら天井から大きな振り子が吊されているようだ。しばらくして再度天井を確認した語り手は愕然とする。カミソリのような鋭い刃を持つその振り子が、揺れながら徐々に下降している様子が目に飛び込んできたのだ。

1

　就職活動をしていない大学四年生にとって、五月はキャンパス内を歩きにくい時期だ。何しろ、仲間の多くがリクルートスーツ姿で、就職しなければという強迫観念から目を吊り上げている。

〈就職しない組〉のこちらは、就活こそしないとは決めたものの、まだ研究を続ける決意も定まってはいなかった。この日は、ひとまず大学のカフェテラスで四年生共通の最終関門である卒業論文の計画を立てようと、まだ何も書き込まれていないノートとにらめっこ。しかも寝坊して大慌てで家を飛び出したため、左耳の上の辺りにひどい寝癖がついたままだった。

　卒論のテーマをおぼろげに考えてはいても、ポオにしようという以外何も決まらない。小論文はよく課題に出されてきたが、卒論みたいに長いものは書いたことがなく、お手上げ状態だった。

人が出入りするたび、カフェテラスを吹きぬける五月の微かにひんやりとしたそよ風は、そんな迷える心を冷やかしているかのように感じられた。

一人で渋い顔をしていると、同じく〈就職しない組〉の梨木《なしき》杏奈《あんな》が通りかかった。明るく、サバサバしている彼女は誰とでもすぐに打ち解ける。企業でも優秀に働けるタイプだろう。だが、いつもゼミで鋭い考察を述べる姿を見ていたから、就職活動をしていないと聞いたときはやっぱり院進学を考えているのだなと合点がいったものだ。

「どうした？　こんな晴れた日にうら若き乙女が暗い顔して」

杏奈はそう言いながら、こちらの左肩をバンと思い切り叩いて隣に腰掛けた。肩をさすりながら杏奈の顔を見て、おや、と思った。少しだけアイシャドウが滲んでいるように見えたのだ。それに——。

「杏奈こそ、顔色、悪いよ」

「大丈夫、ちょっとした失恋だから」

ペロッと舌を出す。わざと一昔前の仕草をして愉しんでいるオヤジっぽい部分が杏奈にはある。そこに女の子らしく振る舞うことへの照れが感じられた。

「そっか、失恋……。彼氏、いたんだっけ？」

「いいや。何も起こらないうちに終わったー。ボカーン！　ドドドン！」

爆撃。ただでさえ寝癖の直らぬ髪をぐしゃぐしゃにされた。彼女の行動は予測不能だ。

「杏奈が好きになるのってどんな人？　想像できない」

「んん、しなやかでエレガント。でもって噛みつきたくなる感じ」

どんな感じだ。聞いた結果、よくわからなかった。

「でも、区切りをつけるんだ。今日の夕方、断髪式やるからおいで」

杏奈の長い黒髪を見た。

「断髪式？」

切ってしまうということ？　もったいない。

「そう。じつはそのために茶室を借りてる」

ニヒヒと笑ってVサイン。馬鹿みたいなことを妙に本格的にやってしまうのは、大学生の常なれど、これはまた念が入っている。

「茶室って、あの大学庭園の？」

「〈審美亭《しんびてい》〉。私、糖茶会《とうちゃかい》のメンバーだから自由に借りられんの」

大学校舎にいれば数ある看板やビラで、いやがおうでもサークル名を記憶してしまう。糖茶会は茶道サークルの一つで、「審糖庵草月《しんとうあんそうげつ》」なる謎の人物を中心に据えてイベントを行なうことで学内でも噂のタネになっていた。

「数寄《すき》を凝らしたおもてなし、するからさ」

「数寄？」

「茶の湯のことだけど、〈凝らす〉って言ったら、風流って意味で使うかな。まあとにかく、おいで」

「私なんかが行っていいの？」

「うん、君がいい」

そのときになって、先ほどの三限での出来事を思い出した。

「ねえ、ゼミやめてどうするの？　卒論は？」

ゼミのさなか、教授の口から彼女のゼミ退会が発表されたのだ。

「卒論は一応やるよ。でも院には進まない」

院に進まず、就職活動もせず、どうするのだろう？　この時期になると、他人の身の振り方までみんな気にする。自分も例外ではない。

「心配するでないよ。君の道じゃないんだから」

「杏奈、研究に向いてると思うけどなあ」

三限目のゼミで行なわれた彼女の最後の発表を思い出した。それは、教室の空気を一変させる魔力をもった発表だったのだ。

2

　唐草《からくさ》ゼミは、十人強の学生が所属する美学科内最大派閥だ。ゼミの前半は、古今東西の美についての考え方を学部長でありゼミの指導教官でもある唐草教授がレクチャーし、後半はそれを基にディスカッションを行なうことになっている。

　だが、この日は少しばかり進め方が違った。最初に松尾芭蕉の『おくのほそ道』の一句を簡単に解釈したあと、「では君たちの見解を来週のこの時間に」とディスカッションは翌週に持ち越されたのだ。

　たった一句ながら芭蕉の美意識に完全に打ちのめされて、呆然とテキストを閉じる。これぞ唐草講義の最大の魅力。ざっくりとした解釈に見えて、その実、鑑賞の視点をがらりと変えるヒントが隠されている。それとなく次なる知の扉を開いて見せる指導手腕には毎回うっとりしてしまう。四十代にして学部長になり、十年近くその座を保持し続けているのもむべなるかな。

　講義内容を頭の中で反芻《はんすう》していると、唐草教授が年のわりに若々しい真ん中分けされた黒髪を撫で、その手でチャームポイントの口髭を触角のようにピンと立てながら言った。

「今日は今週でゼミを抜けることになった梨木杏奈クンに、最後の発表をしてもらいます。梨木クン、前へ」

教室内がざわついた。

壇上に立った杏奈は、緊張のためかいつもより表情が硬かったが、整った顔のつくりのおかげでより神秘的に見えた。

「ある人々は言うでしょう」と彼女は開口いちばんに言った。「既存の概念を打ち破った段階で、シュルレアリスムの役割は終わったのだ、と。事実、シュルレアリスムは芸術史の文脈で一時代の一思想として語られています。まるで――」彼女は一拍置いた。「まるで、それが屍骸《しがい》であるかのように。しかし、本当にシュルレアリスムは〈屍骸〉となったのでしょうか？　アンドレ・ブルトンの『ナジャ』には次のような一節があります。『私の呼吸がとまると、それがあなたの呼吸のはじまり』」

それから杏奈は東京下町にある何気ない風景や超高層ビルなどを写真で紹介しては、そのなかに潜む無意識下の〈シュルレアリスム〉を再発掘し、現代においてなおその系譜が脈々と続いていることを示した。

流れるような彼女の論考は、シュルレアリスムに明るくない者にも興味深いものだった。自分にはこんな創造的な発表はできない。研究の世界で身を立てることも真剣に考えてみようかと思っていたが、早くも自信がなくなってくる。内心で溜め息をついていると、発表の終わりに杏奈が言った。

「シュルレアリスムの有名な技法に〈優美な屍骸〉というものがあります。今日は、皆さんとその共同制作をしてこの発表を終わりにしたいと思います」

教室内が再び騒がしくなる。

教壇に向かって前列左隅の席からは、そんなゼミメイトの様子を一望することができる。

だが、彼女は意に介さない。唐草教授も、展開を楽しんでいるような笑みを口元に浮かべ、口髭を撫でながら窓辺に寄りかかっている。どうやら続けさせる気のようだ。

〈優美な屍骸〉は複数の人間が、互いの制作過程を知らずにそれぞれ作った作品を組み合わせる技法で、その狙いは集団コラージュによって個人の価値観を超越することにあるらしい。

「今日は三つの文の成分から成る短い詩を〈優美な屍骸〉で作りたいと思います。この中の、どなたかお二人に、短い文の成分を考えてもらいます。私が最初の主部を、君が修飾部、それから君が述部を」

最初に指名されたのは、浄瑠璃研究をしている学生、片平《かたひら》ミナ。内気であまり人と目を合わせない子だ。もう一人は、教室の最後部、教壇に向かって右側のドア付近にいた青年だった。大学のカフェテラスの片隅で本を読んでいる姿はよく目にしたが、ゼミで遭遇したことはなかった。白いシャツに黒いスーツと季節感ゼロの出で立ち。授業中にもかかわらず細く長い脚を組んで横に投げ出した姿は、気品は漂ってはいるものの不遜な印象が拭えなかった。

杏奈は二人に紙を渡し、そこに文の成分を書くように告げた。片平ミナも謎の青年も、言われたとおりに書き込む。

ほどなく杏奈が回収する。

教壇に戻った彼女は、紙を三枚並べて、ニヤリと笑う。

「私が用意した主部と、お二人の修飾部、述部を組み合わせた〈優美な屍骸〉が完成しました」

彼女は、それを黒板に書き付ける。


真っ黒な書物は／焼かれながら／彼女を眺めていた

「書物が真っ黒では文字が読めない。文字がないのにそれは書物だと主張している。既存の書物に対する疑問が提示されます」

書物をぱらぱらとめくるように杏奈は手を動かす。

「次に修飾部で、それが焼かれることになる。焚書《ふんしょ》です。焚書の対象には禁ぜられた何かが記されているはずなのに、焼かれる前から真っ黒であることの理不尽さ。非常に諧謔《かいぎゃく》的ではないでしょうか」

彼女の指先は書物を焼く炎のゆらめきを真似て見せる。

「そして述部――。〈彼女を眺めていた〉。見事なつながりです。見られるもののはずだった書物が、〈彼女〉を眺めている。焼かれることによって〈書物〉としての呪縛から逃れた瞬間、存在を超越して〈真っ黒な書物〉の魂と〈彼女〉の魂とが触れ合うかのようです」

書物とは何か、という問いかけは〈自分は何者か〉という哲学的自問へと通じている。修飾部によって、既存の解答が焼き払われ、自分を無にした世界で〈彼女〉と出会う述部へとつながる。そんな深読みも可能な気がした。

「この詩のイメージで最後に残るのは〈彼女〉です。〈真っ黒な書物〉は焼かれてしまうからです。しかし、〈彼女〉のなかに、焼かれた真っ黒な書物は存在し続けるでしょう。最初に私が引用したブルトンの言葉、『私の呼吸がとまると、それがあなたの呼吸のはじまり』は、単純に呼吸のリレーを示しているのではありません。そのバトンのなかに〈私〉――つまり、〈あなたの呼吸〉のなかに〈私〉がいるのです」

魔術的な幻影。名もなき〈彼女〉の背中が見えるような気がしてくる。そして、その〈彼女〉がブルトンの〈あなた〉と重なる。イメージの連鎖から、自分にとって未知の領域であるはずのシュルレアリスムの輪郭が浮き彫りにされる。そんな湧き出る泉のような論調に、杏奈の独特の資質を感じた。

杏奈は発表をこう締めくくった。

「現実はつねに昨日を超え、個人の予測しないところに現れるものです。芸術が私たちを新しい地点へ、高みへと導くものであるならば、超克《ちょうこく》自体を目的としたシュルレアリスムは、現代も有効な芸術様式と言わざるをえません。したがってシュルレアリスムは〈屍骸〉になりえないのです」

ありがとうございました、と言って杏奈は一礼した。

唐草教授の拍手を皮切りに、学生たちからも拍手が起こった。

「ありがとう、梨木クン、面白かったよ。論旨も明確で、とても引き込まれる発表だった」

そこで、唐草教授はいったん言葉を切り、杏奈を見た。その目は、学生を見ているのではなく、彼女の示した思想に対峙していた。

「あえて難点を挙げるなら、最後の〈優美な屍骸〉がポエジーを有しているのは確かだとしても、それが現実を突き動かすほどの詩的エネルギーを有しているかどうかは慎重に吟味する必要があるだろうね」

「どういうことでしょうか？」

杏奈は冷静に聞き返した。唐草教授は続ける。

「シュルレアリスムの崇高なる魂とも言うべきブルトンは、詩は強烈な火花のようでなくてはならないと考えていた。先の一文が現代において火花を散らしたかどうかは、きわめて主観的な判断によらざるをえないと思うのだが、どうだろう？」

つねに学生の知性に合わせて議論を展開する、真の教育者らしい指摘の仕方だった。

「たとえば、ジョージ・オーウェルが描く未来のように、表現規制や言語統制の著しい苛酷な時代が身近に迫っている可能性に言及するかによっても、〈真っ黒な書物〉の価値は大きく変わってくるはずだよ」

唐草教授が言いたいのは、研究者であるなら、何を〈シュール〉するのかを明確に提示するべきだ、ということだろう。

杏奈もそれは理解できていたはずだ。

だが、彼女は正面切って反論した。

「教授。この詩は現実を動かします。したがってシュルレアリスムは有効です」

まるでからくり人形のようなしゃべり方だった。一切の感情をこめず、冷徹に決まった台詞《せりふ》を話しているような……。

「ほう」と唐草教授は言った。「確信は力だ。君に研究を続ける気があるなら、次はどのように有効かを論じてもらいたい。きっとユニークでエレガントな論考になるだろう。君がゼミを去るのは本当に残念だよ」

杏奈は数秒間じっと教授を見つめたあと、一礼して教室を出て行った。堪えていたのが解放されたようにどっとどよめく教室のなかで、三人の人間だけは様子が違っていた。一人は片平ミナ。彼女は杏奈の言動について囁き合う相手もなく、ただ所在なく杏奈の出て行った扉を眺めていた。もう一人、唐草教授は穏やかな微笑を浮かべて佇み、残る一人、黒スーツの謎の青年は——事態に興味を失ったかのように読書に耽《ふけ》っていた。

これが、後に起こることの序章だったとは、もちろんそのときは気づくはずもなかった。

3

「本当に研究やめちゃうの？　唐草教授も言ってたけど、もったいないよ」

「いいの。最近わかったんだ。シュルレアリスムは生きるものであって解剖するものじゃないって」

杏奈はそう言ってこちらのシャツのボタンとボタンの間に指を入れ、チョキチョキ、と切る真似をした。くすぐったさに思わず身をよじる。

「まあ、とにかく断髪式においで。お茶も出すから」

茶といえば高校時代の文化祭で茶道部にもてなされたくらいしか記憶にない。そんな人間が茶会に招かれても、どうしたらいいのかわからない。こちらの戸惑いを杏奈は見透かすように言った。

「ほんのお遊びだから。作法も知らなくていい。私が君をもてなす。そんだけ」

じゃあ、頼むよ、と言って彼女は招待状を渡して去っていった。その招待状にはこう書かれていた。「菖蒲《あやめ》月の茶会　場所……大学庭園〈審美亭〉、日時……本日午後六時より」。

失恋の断髪式がお茶会でそのうえ招待状付きとは、気合の入った〈お遊び〉には違いない。

そんなところが杏奈らしいと言えば、じつに杏奈らしいのだが。

美しい曲線を誇る杏奈の後ろ姿を見ながら疑問が湧いてきた。彼女を振るなんて、いったいどんな男なんだろう？

なぜか脳裏に、教室の隅にいた謎の青年の姿が浮かんだ。杏奈のゼミ退会日に初登場したことと、彼が紡《つむ》いだ述部〈彼女を眺めていた〉の二点が、無意識に結びついたせいだろう。

杏奈のアイシャドウは、ゼミの最中には滲んでいなかった。あのゼミのあと、彼女は彼に失恋して泣いたのではないか。

「卒論の題目は決まりそうかな？　将来有望なポオ研究者さん」

深みのある声だった。この声は――。

振り返り、全身に緊張が走った。声の主は、唐草教授だった。

「あの、ええと、はい、それがまだ全然……」

ああ、そう、と言って唐草教授は笑いながら、向かいの椅子を手で示し、「座るよ」と言った。何度も頭を下げる。ゼミの担当とは言え、学部長という立場でつねに忙しく動き回っている唐草教授は、こちらにしてみれば天上の人。顔さえ覚えられていないと思っていたのに、研究対象まで把握されていたことに恐れ入ってまともに声も出ない。

「まあ、ゆっくり決めたまえ。君のこれまでのレポートは、どれも目の付けどころがいい。期待しているよ」

だから恐れ多いですって。

「でも、本当にみんなすごいですよね。私には、あんなエッジの立った研究……しかもシュルレアリスムなんてちんぷんかんぷんで」

杏奈の発表に話題を移そうとした。これ以上緊張を強いられたら、心臓がもう一つ必要になってしまう。

「難しく考えることはないんだよ。たとえば、君の好きなポオだってシュルレアリスム的な作品を書いているじゃないか」

ブーメランのように自分のところに返ってきた。黙っているわけにもいかず、思い当たる作品名を挙げる。

「『落とし穴と振り子』ですか？」

「そのとおり。あの作品には、シュルレアリスム的な手触りがあるね。実際、チェコのシュルレアリストであるシュヴァンクマイエルによって映像化されているくらいだから」

「落とし穴と振り子」はポオ短篇のなかでもひときわ不可解な話だ。

異端審問にかけられた語り手が、気がつくと真っ暗な部屋で拘束されている。頭上では、振り子が左右に揺れながら彼に迫りくる。彼は無事に脱出できるのか？　恐怖の感覚を刺激する実験小説だ。

「『落とし穴と振り子』は、当時の通俗な恐怖小説を下敷きにしていると言われる。彼は恐怖感を煽り立てる効果にこだわった。そして、語り口は語り手が窮地に追い込まれるほどコミカルになる」

コミカル——。言われてみれば、ポオのタッチは、いつもより大らかだ。

「この作品はポオの精神的な転機となる時期に書かれたのだよ。当時、ポオはどんな状況にあった？」

傾聴していると突然のパス。ぼんやり聞いてはいられない。

「発表年は一八四二年。その頃から妻であるヴァージニアの看病もあって、ポオは雑誌編集長の座を奪われてしまっています」

ポオの生涯は頭に入っている。不幸に彩られた芸術家の生涯は、作品と密接につながっているのだ。

「よく調べているね。ならば、その事実と『落とし穴と振り子』との間にある因果関係も自然と察することができるだろう？」

「因果関係……ですか？」

「キーワードは〈滑稽〉」

「こっけい？　それって、あの滑稽ですか？」

「もちろんだ。ヘーゲルは、〈滑稽〉を、客観的なモラルが拘束力を失い、主観的な価値観がまかり通る社会的頽廃《たいはい》における美的表現と定義づけた。その基本構造は、人間の過失に端を発して完全なるものの仮面が剥がされ、笑いに転じるというものだ。

つまりね、ポオは自分が陥った悲劇的現実や恐怖感覚自体を笑おうとしているのだよ。いわば、感覚の基盤となる価値基準全体へ疑問を投げかけている。異端審問にかけられた語り手という設定も象徴的じゃないか。まさに既存の芸術の枠からはみ出た立場を表明したシュルレアリスムみたいだ」

「本当ですね」

ワクワクした。ポオとシュルレアリスムが、昼のカフェテラスでひとつになるなんて。教室のなかで展開される講義とは違う、もっと直接的に訴えかけるものがあった。

「こういう場所で先生のお話をうかがうと、印象が変わります」

率直な感想を伝えた。

唐草教授は小さく頷きながら、優しく微笑んだ。

「本音を言えばね、美学なんて教室に籠ってこそ語らうべきものじゃないんだ。歩いたり、食べたり、ゲームでもしたり、そういうリラックスした状況でないと、美的成分はすっと身体に入ってこないものだよ。だが、大学の講義で遊ぶわけにもいかないからね」

学部長という立場にもかかわらずこれほど柔らかい考え方ができるのは素敵だな、と思った。この先生の下で、もっといろんなことを学びたい欲求が微かに芽吹く。

「つねに五感を使って考えなくてはね。そういう意味では、研究者はシュルレアリスムの精神に負けずに感性を研ぎ澄ませていなければならないんだよ」

唐草教授は、それから少し声のボリュームを落とした。

「ところで、先ほどここに梨木クンがいたね？」

思いがけない方向に話が飛び火する。

「ええ」

「君は、彼女と友達だったのかね？」

「はい。実は、今日の夕方にあるという茶会に誘われていたんです」

「ほう、茶会に？」

テーブルの上に置いたままの招待状を唐草教授の前に差し出す。

「彼女って本当に趣味人ですよね。失恋の断髪式を茶室でやるなんて」

「なるほど……」なぜか教授は深刻な表情になった。「だが、彼女の遊びにはフモールの精神がないようだね」

どういう意味だろう？　聞き慣れない単語が解釈を遠ざけた。

それから、唐草教授は、苦々しく笑いながら立ち上がり、こう呟いた。

「真っ黒な書物を焼こうというわけか。審糖庵草月の責任だな、これは」

4

唐草教授の後ろ姿が小さくなるのを見届け、肩の力を抜いた。

――真っ黒な書物を焼こうというわけか。

あの言葉は、何を意味していたのだろうか？　明らかに今日の〈優美な屍骸〉の内容を受けての発言のようだった。杏奈の茶会にあの一文がどう関わってくるのだろうか。そして、最後の言葉。

――審糖庵草月の責任だな、これは。

ベールに包まれた糖茶会の中心的人物の関与を仄めかす発言。またもあの謎の青年が頭に浮かぶ。杏奈の失恋相手が審糖庵草月で、その正体があの青年？　イメージの世界は、自由に点と点を結ぶ。無関係な主部と述部が重なって像を描くように。

もし杏奈の失恋対象が審糖庵草月なら、「責任」があるのはわかる。ただし、それは彼女のアイシャドウを滲ませた「責任」だ。「真っ黒な書物」云々は結局わからない。そもそも、なぜあんな台詞が唐草教授の口から？　疑問は次から次へ湧いて出る。

だが、解決の糸口はある。唐草教授は主格を除いて「焼こうというわけか」と言った。省かれた主格は文脈上、杏奈であろう。ならば、本人に聞けば謎のうちのいくつかは解けるかもしれない。

古書店で時間を潰すうちに、約束の時間が迫ってきた。

大学庭園に差し掛かったとき、そこにいた人影に思わず立ち止まった。謎の青年が、芝生で寝そべって読書に耽っていたのだ。審糖庵草月――まさか彼女を最後まで嘲笑《あざわら》うためにここまで？

訝《いぶか》る心中を抑えつつ、先を急ぐ。

大学庭園の隅にひっそりと設《しつら》えられた小さな茶室が見えた。

外にいる男のことは考えまい。今日は杏奈のための会。彼女の門出を祝福しよう。

どこから入るべきか迷っていると、内側から声がした。

「にじり口。そこの低い戸から入って」

まるで秘密の抜け穴のような小さな出入り口があった。

しゃがみ込み、戸を引いて中へ。

二畳程度の狭い空間。

天井が低いせいで、身体が大きくなったような錯覚を抱く。室内は、初夏のまだ明るい外界から隔絶されたように仄暗い。にじり口の正面奥にある床の間の脇には、竹林の足元が見える下地窓があり、心地よい風が吹き抜ける。そして、左側の襖の前にひっそり浮かび上がるシルエット――杏奈だ。

「にじり口を通った瞬間から、君はアリスになったんだ。君と私は世界の片隅で巨大化する乙女」

独特なしゃべり方。いつもの杏奈の声なのに、空間のなせる業《わざ》なのか、現実感が消えて自分の存在さえ不確かになる。

アリスの迷い込んだ不思議の世界のようなあべこべは存在しない。そんな理性的判断さえも姿を消してしまう。

掛け物には――フランス語で書かれた書。

La beauté sera CONVULSIVE ou ne sera pas.

杏奈が、それを滑らかな発音で読み上げ、

「美は痙攣的なもの、そうでなければ、存在しない。『ナジャ』の最後に出てくる言葉だ」

と補足した。

美は痙攣的なもの――そうでなければ、存在しない……。

茶室に引用される言葉としては、過激な気がした。茶道の世界で、フランス語の書を掛け物に使うことがあるのだろうか？

　杏奈の向かい、床の間の手前に座りながら、彼女を見る。紫陽花《あじさい》の柄の入った紺色の着物姿。薄紫の帯——純和風の出で立ちが、ブルトンの詩と相俟《あいま》って杏奈の繊細な美意識を体現しているかに見える。

「千利休の昔から、茶のもてなしには来賓者の趣向と主催者の趣向とを巧みに織り交ぜるのが礼儀。たとえば……利休の時代にはまだ禅林墨蹟や唐画のようなものを掛け物に使うのが常識だったが、利休は由緒や世評に囚われず当世風で空間に見合った書を飾った。当時としては、異端以外の何でもないことだけれど、風流心に任せて常識を超えるのが、侘びの精神だったんだ」

　説明に耳を傾けながら、別人のようだ、と思った。杏奈の雰囲気が昼間のカフェテラスとはまったく違っているのだ。さっきよりひどくアイシャドウが滲んでいて、目が大きく見開かれている。その容貌には、魔術的な趣があった。

「それでは〈菖蒲月の茶会〉を始めようか」

「え？　断髪式は？」

「それはあと」

　彼女はそう言って茶菓子を用意しはじめた。杏奈の白い手が、盆から菓子器を取り、こちらへ差し出す。

出された菓子は、黒い紙片を丸めたようなものだった。

「これは——」

真っ黒な書物の一頁を思わせる形状。

「麩《ふ》の焼きという菓子だ。小麦粉を水で溶いて焼くのが通例だが、今日はそこに黒胡麻を混ぜて風味を立たせてある」

胡麻の香りが鼻孔をくすぐる。

杏奈に一礼され、こちらも頭を下げる。

「いただきます」

箸をとって茶菓子を懐紙の上に置き、黒文字の楊枝で刺す。

その瞬間。

「そこまでにしておこうかね、梨木クン」

にじり口が開く。すっと手が伸びて、こちらを手招きしている。

「君は出なさい」

この声は——。杏奈の顔から、完全に血の気が引いていた。

「杏奈？　これは……」

「すぐに出なさい。その茶菓子を食べてはならない。それが梨木クンのためでもある」

何が起こっているのかわからなかった。ただ、その声の調子から、事態が一刻の猶予も許さないことは理解できた。

ためらいつつも、杏奈に頭を下げて、にじり口から外に出た。杏奈は完全に放心状態にあるらしく、こちらを止めようとはしなかった。

外に出てみると、見知らぬ初老の紳士が立っていた。彼はまだ開いたままのにじり口に黒いものを投げ込んだ。

艶やかで黒々としたその物体は、仄暗い茶室にあって、ちょうど開かれた状態の——真っ黒な書物を思わせた。

「好きに焼きたまえ」

この声……。言い放った初老の紳士を凝視した。

両脇にわずかな黒髪を保った卵形の頭に目を奪われ、全体像をつかめていなかった。だが、目鼻立ちにくわえて、口元のぴんと跳ね上がった髭から、その正体は明らかだ。

そこに立っていたのは、我らが学部長、唐草教授だったのだ。

5

いつも接している師とわかっているのに、となりを歩きながらも、なかなか身体が馴染もうとしない。脳内が完全に白旗を掲げている。先生、いったい何が起きているんでしょうか？　一度口を開けばひっきりなしに疑問が出てきそうだった。

「ちょうど良かった。これから茶事がある。君も来るかね？」

　唐草教授は歩きながら言った。

　茶事とは食事も出る茶会のようなものらしい。

　先ほど庭園の芝生にいた謎の青年が、すぐとなりにある大学講堂の前に移動して石段に腰かけていた。唐草教授は、彼にも声をかけた。

「待たせたね。今日は存分に君たちをもてなそう。この審糖庵草月が」

「え！」

　思わず大きな声をあげてしまった。

　唐草教授が、審糖庵草月？

　その選択肢は自分のなかにまったくないものだった。まさか我がゼミの指導教授が謎の茶道サークルを率いる中心人物だなどと、誰が想像できようか。

　そこではたと気づく。その名に〈唐草〉の二字が隠れていることに。〈謎の青年＝審糖庵草月〉説が、砂のように脆《もろ》く崩れ去る。そして——目を向けてはいけないと思っても、どうしても見てしまう。

　先生、その頭は、どういうことですか？

唐草教授の頭髪の変化に驚くこともなく淡々と挨拶などしている青年とは対照的に、戸惑いっぱなしのこちらの視線に気づいて、先生は優雅に笑った。

「ああ、これね」つるつるの頭を撫でながら笑う。「たぶん、もう焼かれてしまったかな」

焼かれる――。

そう聞いて、さっきにじり口から放り込まれた物体が頭に浮かぶ。開かれた状態の真っ黒な書物のような物体――真ん中分けされた黒い髪。

あれは、鬘《かつら》だったのか。

「先生……説明してください、何が起こっているのか」

「よろしい、道中にでも話そう」

神楽坂まで歩いて行こう、と唐草教授が言い、徒歩での移動となった。

「最初に気づいたのはね、彼だった」

そう言って、謎の青年を手で示す。

「三限のゼミのあと、彼が私のところへ来てね。少し気になることがあると言い出したんだ」

謎の青年は、時おり不意に立ち止まって花屋をのぞいたりしていて話を聞いているのかわからない。

「あの二人が何か企んでいるようだが、心当たりはないかと言うんだよ」

「あの二人って……？」

「梨木クンと片平クンだ」

片平ミナも絡んでくるのか。あの大人しい子が。

「二人は親友でね、糖茶会にも一緒に入ってきたんだ。迷ったが、彼の調子が真剣だったから、杏奈クンに先日想いを告白されたと素直に答えた。その際、若い人は若い人と恋をするべきだと伝えて断ったことも」

若い人は若い人と……そうだろうか？

恋に年齢なんか――。

「恋は自由なものだ。だが、五十を過ぎた人間には自分の死を意識するモラルも必要ではないかと思うね。もちろん、べつの意見もあって然るべきだが」

ひとつの達観、ということなのだろう。

杏奈が好きになったのは、成熟した大人の男性だったのだ。

しかし、その恋は成就しなかった。

「誠意をもって答えたつもりだったが、私の回答は彼女を大いに傷つけてしまったようだった。少なくとも、彼女のプライドをね」

ゼミを立ち去るときの杏奈の頑なな表情が脳裏をよぎる。

「その話を伝えると、彼は復讐が近く行なわれますよ、と言ったんだ。そうだ、君は」唐草教授は青年に問いかけた。「どうして二人が何か企んでいるなんて思ったのかね？」

　すると、青年が答えた。

「きっかけは〈優美な屍骸〉でした。あのなかで僕が担当した述部『彼女を眺めていた』以外の二つの文の成分を見ていて気になったんですよ、〈書物〉と〈焼かれ〉るというワードの相性のよさが」

「なるほど……」

　唐草教授は我が意を得たりといった様子だが、こちらは皆目わからない。青年がその気配を察してか説明を加える。

「偶然の一致かもしれませんが、三人ばらばらに作ったにしては、最初の二つの文の成分までのつながりが良すぎた。それに、発表のあとの彼女の言葉が気にかかりました。『この詩は現実を動かします』。まるで、何かを予告するようだった」

「まったく、君は思いがけない論理の進め方をするね。まるで人の踏み込まない小道を見つけるのが得意な猫のようだな」

　それから、唐草教授は、改めて青年を眺めて微笑んだ。

「黒猫だ、君は」

　黒猫――言い得て妙だ、と思った。

彼の優雅さと生意気さの両面が一言に凝縮されている。僕は人間ですよ、と黒いスーツの襟を正しながら彼は答えた。唐草教授は、気をよくして笑い出した。

「君に借りができてしまったようだな、黒猫クン」

「でも、そこから判断して動いたのは先生ご自身です。僕は何もしていませんよ」

「復讐と聞いて〈優美な屍骸〉の最初の二つの文の成分に隠された意味が見えたのさ。何しろ、糖茶会で鬘のことを〈黒い書物〉と呼んでいたのは、他ならぬ私だったからね」

自ら鬘を笑いの種にしていたとは、何たる諧謔精神。

「私は審糖庵草月の号を名乗るときは鬘をつけない主義でね。そもそもふだん鬘をつけること自体が私にとっては一種の遊びのようなものだったのだ。〈知〉は内奥に隠れて、滅多には顔を出しませんよ、というフモールだな」

フモール……。その単語を唐草教授がカフェテラスでも口にしたことを思い出した。

「着いたよ」

教授の声で顔を上げると、道の先に「懐石料亭　月倣《げつぽう》」の看板が見えた。店内から漂う竹の香りが、いっそう食欲を刺激する。

審糖庵草月の茶事が――厳《おごそ》かにその幕を開けた。

6

先に入っていたまえ、と仰せつかって、黒猫と店の二階へ上がる。並んで腰を降ろすと、すぐに尋ねた。

「あなた、唐草ゼミじゃないよね？」

「今日から唐草ゼミになったんだ。卒論指導教授に愛想つかされてね。厄介者は学部長が引き受けることになるシステムだから」

紛らわしいタイミングでゼミにやってきたものだ。おかげでこちらはすっかり妙な勘違いをしてしまった。

「ねえ、黒猫クン」

「人間なんだけどね」

「どうしてあんな時間に大学の庭園にいたの？」

「ん？　呼ばれたからだよ。和製ナジャに」

「和製……ナジャ？」

「あのアイシャドウ、ナジャみたいじゃないか」

彼は言いながら、目の縁を指でなぞってみせた。杏奈のことだ、と理解するのに数秒かかった。泣いて滲んだアイシャドウによって、期せずして『ナジャ』のヒロインに似てしまったのか。

「杏奈があなたを？　どうして……」

「君を目撃者に任命しよう、とか言っていたな」

目撃者？　それはいったい何の……。

その疑問を考え出したときに、ふと気がつく。鬘を焼いて恥をかかせることが復讐なのかと思っていたが、よく考えるとそれは少しおかしい。なぜなら、鬘が遊びであることを糖茶会メンバーの彼女たちは知っていたのだから。すると――。

杏奈たちの本当の狙いは、何だったのだろう？

「さっき庭園にいたのは、僕だけじゃない。片平ミナが先に茶室の裏手にある竹林に入っていくのが見えた」

「どうして竹林になんか……」

「ポイントはね、あの茶室に招かれたのは、君と唐草教授の二人だったってことさ。いや、正式には君さえも〈招待客〉ではなかったんだよ」

「え？　だって私、断髪式にって」

「君がもらった招待状、見せてくれる？」

言われるままに、招待状を取り出す。同時に、黒猫も似た内容の招待状を取り出す。

「こっちは唐草教授に事前に渡されていたもの。違っているのは、開始時間だけだ」

唐草教授への招待状のほうは午後七時開始。対してこちらは午後六時開始。一時間もずれている。

どうしてこんなことを？　杏奈は唐草教授も招待しているとは一言も言わなかった。

「〈菖蒲月の茶会〉の正式な開始時刻は夜の七時だったんだ」

「でも……杏奈は六時にはすでに……」

「君の役割は、言ってみれば、茶花だ。茶花には勝手に動かれたら困る。だから、一時間早く君を招いて薬を使って眠らせようとした。本当の客が到着する前に、支度を調えなくてはならなかったからだ」

――その茶菓子を食べてはならない。

唐草教授の厳しい口調を思い出す。茶菓子に、睡眠薬が仕込まれていたからだったのか。

「どうして……どうして私に睡眠薬なんか？」

「男では〈彼女〉にならないからね」

〈彼女〉？

「言ったろ？　杏奈はあの〈優美な屍骸〉の遊戯で誕生した一文を現実のものにしようとしたんだよ。そのためには、どうしても〈彼女〉に相当するパーツが必要だったんだ」

しかし、だからと言って眠らせなくてもいいではないか。

それに――。

「どうして私だったの？」

「視線を読んだのだろう」

「視線？　誰の？」

「僕ね、〈優美な屍骸〉の紙を渡されたとき、君を眺めてたんだ」

「わ、私を？」

頬が赤くなる。どうしてそんなこと……。

「君の髪にすっごい寝癖がついてたから。今もだけど」

「え……」

寝癖？　恥ずかしくて顔も上げられない。ドキドキして馬鹿を見た。

朝、寝坊した自分を呪いたくなる。

「だから、紙を渡されたとき、咄嗟に君を見ながら『彼女を眺めていた』って書いたんだ。僕だけじゃない。教授も気になったようで君の寝癖を見ていた。そして、杏奈はそんな教授の視線を誤解したんだ。教授が君を好いているってね」

「そんなの……馬鹿げてるよ」

こうして、ターゲットは絞られたわけか。

寝癖ひとつがとんでもない結果を招いたものだ。

しかし、〈真っ黒な書物〉や〈彼女〉が揃ったとして、杏奈が茶室で何をしたかったのかが見えない。

「ある種の思想的なやりとりさ」と黒猫は言った。「茶道は、〈間〉に対する美意識の詰まった芸道だ。茶室で起こったことには、必ずもてなす側ともてなされる側の意識が共存することになる。杏奈は一方的な復讐ではなく、思想的な対話のある復讐を望んだのさ。だから、あの詩が茶室で現実化されることに意味があるんだ。述部にどんな言葉がこようとね」

そのとき、廊下からきゅっきゅっと足音がした。

襖が開く。黙礼して、臙脂《えんじ》色の和服を纏《まと》った唐草教授が茶具を持って現れた。

「茶事を始める前に、まずは、君の気持ちをすっきりさせないことにはね」

言いながら、茶具を我々二人の前に用意し、菓子器を差し出す。

さっき杏奈が出した黒い紙片とは対照的な白い紙片。

「麩の焼きだ。質素な味わいが奥ゆかしく、利休はこれを好んで、茶会で何度か出していた」

口に入れると、軽やかな甘みが舌に広がり、柚子味噌の豊かな風味がとけあう。

「杏奈は、黒い麩の焼きを出しました」

「〈真っ黒な書物〉への前振りだな。芸術の世界で成就しながら、相手に恥をかかせるような方法を彼女は考えたのさ」

「でも、〈優美な屍骸〉の現実化が、なぜ先生に恥をかかせることになるんですか？」

「カフェテラスで、『落とし穴と振り子』の話をしたね」

「はい」

「そこで〈滑稽〉の話をしたのを覚えているかな？」

なぜいまここでその話が出るのか、わからないまま頷いた。

「私は『落とし穴と振り子』とシュルレアリスムが〈滑稽〉の概念で通じ合うと説いた。実は、千利休の精神を表す〈数寄〉も、この〈滑稽〉を介してシュルレアリスムとめぐり会うのだよ。そうだろ？　黒猫クン」

「そうですね」と黒猫は微笑んだ。「普通の人が表立った美を求めるのに対して、茶道における〈数寄〉は陰にあって目立たないものの姿を指していた。それを信条とする利休は、秀吉が愛好した赤の茶碗に対立するように黒を好んだ。現実の陰になったものを尊ぶことで現実を密かに笑う精神が、〈数寄〉のなかにあったと言えるでしょう。しかし、その〈滑稽〉の質は、シュルレアリスムとは大きく違っていたとは思いますが」

黒猫の言葉に、唐草教授は嬉しそうに微笑み、「ほう」と言った。

「シュルレアリスムは良くも悪くも攻撃的な様式で、潜在意識の奥底から世界をせせら笑って破壊しますが、〈数寄〉には他方を攻撃する意図がありません。その意味で、〈数寄〉は〈フモール〉的といえるでしょう」

〈フモール〉――唐草教授からも出た言葉を、今また黒猫が口にする。

現実の話をしていたはずが、いつの間にか形而上の話にすり変わる。

「素晴らしい分析だ、黒猫クン」

満足げに言ってから唐草教授はこちらに向き直った。

「〈フモール〉は、ユーモアの語源にもなったラテン語だよ。現実世界の愚かしさを笑いながらも世界との和解を目指している。梨木クンに欠けていた精神、そして、糖茶会で私が教えなくてはならなかった精神だ」

そう言って、自分を戒めるようにかたく目を瞑《つむ》った。

「何はともあれ、君が無事でよかった」

「私は何も――」

否定しかけたとき、〈黒猫〉が笑った。

「君はのん気者だな」

「え？　失礼な……」

「世界は君が思うよりほんの少し危険に満ちてるってことさ」

意味深なことを言ってこちらの反応を弄《もてあそ》ぶ態度に腹が立った。

「はっきり言ってよ。いったい何だっていうの？」

「じゃあ、はっきり言おうか」

黒猫は「先生、足を崩しますよ」と断りを入れてから胡坐《あぐら》をかいた。それから、おもむろに語り始めた。

「杏奈はね、眠った君を揺り起こす唐草教授の姿を、竹林に面した下地窓から片平ミナに盗撮させるつもりだったのさ」

「写真に撮って——どうするの?」

「ただの写真じゃないよ。彼女が撮りたかったのは、鬘を剝ぎ取られた唐草学部長のスキャンダル写真だよ」

「スキャンダルって……え、わ、私と?」

そうだよ、と黒猫は言った。

「揺り起こすシーンも、状況を知らない第三者が見れば、抱き合う二人に変わる。僕はその目撃者として呼ばれたんだろう」

羞恥が、頰を熱くした。

「誤解させるためには、君の服を脱がせるか切り裂くかくらいはしたかもしれないね」

その黒猫の言葉に、感触がよみがえった。

杏奈が、シャツのボタンとボタンの間に指を入れてハサミの真似をした、手の冷たさが。

「鬘を奪うという行為は〈真っ黒な書物は／焼かれながら〉に当たり、唐草教授が君を抱き抱えるという行為は〈彼女を眺めていた〉に当たる。写真の構図はまさに、あの一文になるんだ。もっとも述部は何でもよかっただろう。どんな言葉であれ、学部長の名を汚すように上手くこじつけたはずだ。捨て身で唐草教授を失脚させようとしたんだよ、彼女は」

背筋が寒くなった。

唐草教授を破滅させるためのギニョール。最初からそのつもりで声をかけたのだ。

「梨木クンは、〈菖蒲月〉を〈殺《あや》め月〉とかけて私の息の根を止めにかかった。だから、私も〈好きに焼きたまえ〉を〈数寄に焼きたまえ〉とかけて返した。これから彼女がどんな道を歩むにせよ、〈フモール〉のわかる女性であってほしい。それが私の願い、私の愛だよ」

微笑む唐草教授の表情には、いつもと変わらぬ気品と知性とが宿っていた。

先生、本当は彼女のことをどう思っていたんですか？

喉まで出かかった疑問を飲み込む。

尋ねるのは野暮だ。

愛の形が違う。

二人の愛が交わることはないのだ。

断ちきれぬ想いでアイシャドウを滲ませながらも復讐に踏みきった杏奈にとって、愛とは完全なる炎であり、美と同義だったに違いない。

彼女は鋭利な刃をもった痙攣的な愛の振り子で唐草教授を追いつめ、その存在を無に帰そうとした。対する先生は、微笑を湛《たた》えてそれをさらりとかわした。

あるいは――その返しによって自分の恋が報われることを杏奈は心のどこかで望んでいたのかもしれない。

「では、そろそろ始めようか」

その唐草教授の言葉で、茶事は厳かな雰囲気のなかにも和やかさを交えて始まった。

茶を点《た》てる音に耳を澄ますうち、復讐を穏やかに窘《たしな》めながら赦し、密かに慈しむような優しい〈滑稽〉が、心に満ちてきた。

杏奈には唐草教授の意図が伝わっただろうか？

数寄の、フモールが。

第二話

水と船の戯れ

■早まった埋葬

The Premature Burial, 1844

語り手は数年間、奇妙な病気による発作に悩まされていた。原因も徴候もわからぬその病気を、医者たちは〝全身硬直症〟と呼んでいた。その特徴は、病による発作で昏睡状態に陥っている間、身体は全く動かず、心臓の鼓動はかすかに聞き取れる程度で、体温もかすかに感じられる程度になること――つまり、全身硬直症の患者の状態と、いわゆる死の状態との間に、明確な差がないことだった。やっかいなのは、発作による昏睡状態は数時間から、長いときは数ヵ月続くことだ。

語り手はその病ゆえに、死んでもいないのに間違って埋葬されるのではないかと心配していた。夜毎夢に出てくる幻影にうなされ続けた語り手は、周囲に埋葬しないよう執拗に念を押す。

しかし、昏睡から目を覚ますとついに棺の中に納められていることに気づき……。

1

水のアーケードを潜《くぐ》っているみたいに雨の多い六月だった。

卒業論文の題目が決まると、いよいよ構成を決めて資料を本格的に集めなければならない。高校の延長のように、真面目に授業に出て、きれいにノートを取っていれば単位がとれていた世界がふいに反転するのもこの時期である。

地面の乾く間もなく次の雨が降り注ぐ崩れっぱなしの天候同様、心のほうも、優等生で来ていたはずの自分の足下が脆《もろ》く崩れていくのがわかった。

これまで何を学んできたのか、急にわからなくなったのだ。各講義の内容は忘れていないのに、まるで散らかった部屋を見ているような気持ちになり、自己嫌悪に陥る。敗因は明白。勉強と研究を履き違えていたのだ。

答えがあらかじめあるものを探すのが勉強だと、それまで何となく思っていた。しかし、研究は自分で答えを作り出さなくてはならない。正解はなく、答えを作るのも、証明するのも自分自身。数理やバイオロジーのような明確な発見もない。

「物は言いよう」がときには堂々とまかり通り、同じ論旨でもやり方を間違えると非難の的となる。とんでもなく厄介な世界に飛び込もうとしているのではないか、と牛の前に立った蛙のような心境でいた。

そんなある日、唐草教授の提案で、課外講義が行なわれることになった。場所は浅草。現代アートの名もない若手たちが集う「東京とトーキョー展」の鑑賞が目的と言うが、唐草教授の講義だからそれだけでは終わらないだろう。きっと何かべつの意図があるはずだ。江戸の情緒残る浅草にいつものゼミのメンバーの顔が揃うというのも、何だか妙な気分のするものだ。全部で十二名。

最後にやってきたのは――黒猫だった。

彼は遅れてきたのに悪びれる様子もない。先月、初めて口をきいてから、彼が思っていたほどいけ好かない人間ではないらしいことは少しずつ見えてきた。が、それでもまだどこかしら身構えてしまうのは、彼の人を食ったような態度が原因している。

ゼミの女子たちのなかには、彼の端麗な容姿がそうさせるのか、親しく積極的に声をかける者もあり、彼も声をかけられれば絶妙な話術で彼女たちを楽しませる。だが、その最中も書物から目は離さず、本を読み終えると、話の途中でも立ち上がる。そんなところが、どこか冷淡な印象を与えるのだ。

「みんな揃ったね。では、移動するよ」

唐草教授が教室での講義よりもリラックスしているところを見ると、狭い教室での講義より課外講義のほうが好きなのだろう。先月カフェテラスでそんな話をしたことを思い出す。ましてや、ここは古《いにしえ》の江戸の名残りが漂う艶やかな下町なのだ。

浅草の雑踏は、焼きたての団子を前にするような高揚感を掻き立てる。ただ散歩しているだけでも、玩具《おもちゃ》箱をひっくり返したみたいな街並みに楽しさと懐かしさを感じる。

「東京とトーキョー展」の会場が日の出桟橋付近らしく、隅田川を縦断する水上バスに乗ることになった。

小雨だから何とか出航できたけれど、デッキに出られる雰囲気ではない。仕方なくゼミの一同は船内の席に並んで昼のドラマ番組をぼんやり眺めて過ごしていた。

船内にいると、船が水を掻き分けて進む音が思いのほか大きく響く。エンジン音と水の音が一体となって、不思議な生き物の唸り声を作り上げている。目を閉じると、一匹の巨大な魚が隅田川を泳いでいる様が浮かんでくる。

目を──開く。そのまま、となりの席にいる唐草教授を見た。

教授は、学生たちの顔をしばらく観察していたが、やがてピンと立った口髭を撫でながら、「ちょっと聞いてもらえるかな？」と上機嫌に言った。

みなテレビから視線を離し、教授のほうを向き直る。

ゴォオオオオオッと警笛が鳴りやむのを待ってから、唐草教授は言葉を紡《つむ》ぎだした。

「このなかには、就職する人もいれば、大学院へ進む人もいる。いずれにせよ、卒業論文という魔物を退治しなければならない点では同じ関門の前にいると言っていいだろうね」

その場にいる誰もが、いつもの講義よりも少し前のめりになって唐草教授の話に集中した。学生とは、話が他人事でなくなると途端に集中しだす生き物なのだ。

「それに、研究も就職活動も、告白みたいなものだと考えれば、とても似ているじゃないか」

告白？

学生たちのあいだにざわめきが起こる。教授から思いがけず柔らかい言葉が飛び出したのがおかしかったのと、その本意が気になるのと、両方だろう。

「自分のことをまだ何とも思っていない相手に振り向いてもらうにはどうすればいいか。みんなと同じことをしたのでは、好きな相手は自分のものにはならないだろうね」

自分の好きな相手――。

高校時代に図書館で出会って以来一途《いちず》な片思いを続けてきた相手の顔が、ふと浮かんだ。彼には、結局いまだに想いを告げられないままだ。

思えば、これまでの人生で自分から告白をしたことがない。女子のなかではそう珍しいタイプでもないのだろうが、唐草教授の話を聞いていると、何とはなしにそのことが恥ずかしく思えてきた。

「かと言って奇抜なことをすればいいというものでもない。本質に触れるものか、新たな価値を創造するものでなければね」

その言葉には頷けるところがある。なるほど、就職活動からは逃げたけれど、研究も就活も考え方は同じなのかもしれない。

そして、道を選ぶ以前の根本的な部分に自信がないばかりに、研究の門前で震える膝を抱えている小娘がここにいる。

こういう後ろ暗いところのあるときに限って、火の粉は降ってくる。

「君は――たしか〈院進学組〉だったよね？」

唐草教授は、こちらをまっすぐに見て尋ねた。

「……〈就職しない組〉ですが、院へ進学するかはまだ……」

すると教授は驚いたように目を大きく見開いた。

「君に他の選択肢があるとは思わないが。自信がないのかね？」

「自信は――ありません。研究するには、誰よりもポオのことがわかってないといけないんですよね？」

唐草教授は、その言葉に突如噴き出した。

「……オホン、すまない。なるほど。君の伝でいけば、最終的にはタイムマシンを開発することが研究者の使命のように聞こえるね」

「そんなこと……」

「タイムマシンがあってその時代にさかのぼれば、いくらでも憧れの創造主に面会して、じかに作品の意図を尋ねることができる」

「でも、それを探るのが、研究者じゃないんですか？」

すると、唐草教授は穏やかな笑みを浮かべて静かに首を横に振った。

「違うね。それは歴史学者の仕事だ。われわれ美学者が向かい合わねばならないのは作品でも作者でもないよ」

「え？」

「美そのものだ」

「あ……」

耳の先まで熱くなる。そんな肝心なことをすっかり忘れていた。

唐草教授は、こちらの肩を優しくポンポンと二回叩く。ドンマイ、ということだろう。

それから、全員に語りかけるような口調で言った。

「考えてみれば卒論みたいに長いものを君たちは書いたことがない。そもそも研究とは何なのかも漠然としか理解していない人も多いだろう。そこで、今日は卒論恐怖症改善療法として、ちょっとした遊戯をしてみようか」

「遊戯？」

「何でもいい。「東京とトーキョー展」を出るまでの間に、物語を作ってみてくれないか」

「物語……ですか？」

「人から聞いた話を元にしたものでも、完全な創作でも何でもいい。語り手は君たち。解釈者も君たち」

そう言ってゼミのメンバーの顔を一通り見渡す。

無茶苦茶である。だが、ただの無茶苦茶を唐草教授が言うわけはない。仮にも四十代の若さで学部長にまでなった傑物。そこには彼なりの企みがあるに違いない。

「便器に『泉』というタイトルをつけて美術館に出品したマルセル・デュシャンが証明して見せたとおり、どんなテクストにも愛情をもって臨めば、新しい観点は見えてくる。電車で目の前に座った人の長所をその場で見つけるよりは、よほど簡単なことなんだ」

「……本当に何でもよろしいのですか？」

ミナモが皆を代表するようにして尋ねた。少し短すぎるのではと心配になるほど丈の短いピンクのワンピース姿。発言力ではこのゼミ随一でありムードメーカーでもある。その煌《きら》びやかな雰囲気には嫌味がなく、同性ながら可愛いなと素直に思ってしまう。

「もちろんだ。アート展を出たところで何人かに聞かせてもらう。まあゆっくり考えて。それじゃあ、トップバッターは——君だ」

その指は、彼の隣で自信のなさそうな顔をしていたこちらをさしていた。

諦めて「はい」と項垂《うなだ》れつつ答える。やれやれ。

こうして、雨空の下、この風変わりな課題に向き合うことになった。

2

船を降りると、歩いて五分で「東京とトーキョー展」の会場だ。聞けば、今回の展覧会には、初めて作品を展示するような若き芸術家が多く参加しているという。

「東京の景色をモチーフにしたユニークな作品が展示されているんだ。研究者や批評家たちによる手垢がまだついていない新人アーティストの作品は、きっと君たちにもいい刺激をもたらすだろう」

唐草教授の説明を聞くうちに、どんな新しい才能に出会えるのかと想像して胸が高揚してきた。

「東京とトーキョー展」で見られる現代アートは、見るだけで楽しめる立体オブジェのお祭りだった。隅田川が天上に昇り行く「隅田川昇天」や雷門の巨大提灯をサンドバッグにする雷神の姿が印象的な「雷神タイトルマッチ」。現代アートの豊饒なる遊び心を満喫できたのは、大いにリフレッシュになった。

最後付近になり、ある作品の前にやって来たときのことだ。壁に寄りかかった赤い髪の青年が目に留まった。

どこか寂しげな憂いを帯びたその瞳に——遠い記憶をくすぐられた気がした。すぐにはピンと来なかったが、この目にどこかであったことがある、という感覚が徐々に身体を伝ってきた。

やがて彼がこちらに気づき、視線がぶつかった。

「ねえ、君、もしかして……」

聞き覚えのある声だった。

驚きつつ、近づきながらもう一度ゆっくりとその顔を確かめる。

「あ、先輩……！」

心のなかにかかっていた靄《もや》が晴れた。うまく思い出せなかったのは、髪の色が記憶と違っていたせいだ。

高校時代、同じ図書委員だった溝口《みぞぐち》先輩。

あの頃のさらりとした黒髪は、今は赤く染まり、服装も赤と白のマーブル模様をあしらった奇抜なスーツで、物静かな「図書館の主」として知られた当時の面影はなかった。

しかし、その陰のある瞳は、今も変わっていなかった。

図書室の思い出が、走馬灯のように駆け巡る。校庭から差し込む光と、その光に憩う図書室内の埃。まぎれもない青春の記憶。祖父の死によって初めて身内の死を体験し、脳の奥が麻痺したような感覚になっていた十代の少女の心にとって、そこはかけがえのない空間だったのだ。

ひとしきり思い出話に耽《ふけ》った後で尋ねた。

「これ、先輩の作品なんですか？」

「ああ。制作にまる一ヵ月かけたんだ」

先輩の隣にあるのは、〈MIZU-HUNE〉というタイトルの作品だった。丸木船のなかに水が満ちており、その周囲には砂漠を思わせる砂が敷かれている。

砂漠をひた走る水の満ちた船。矛盾を孕んだ構図が、かえって神秘性を高めている壮大な立体アートだ。

そのオブジェを見た瞬間——図書室でのひそやかな恋が脳裏によみがえった。

と同時に、背後に視線を感じて、振り返る。

気のせいだった。視線はなかった。

ただ、べつのオブジェを熱心に眺める黒猫の姿があるだけだった。

「ずいぶん女らしくなったね」

そうお世辞を言う溝口先輩にオホホと笑って見せてから、「頑張ってくださいね」と労《ねぎら》いの言葉をかけて外に出た。

すぐにミナモがやってきて、含み笑いを浮かべたまま耳打ちした。

「あなたも隅におけませんわね」

どうやら溝口先輩のことを言っているらしい。

「え？ あ、ああ、さっきのは高校時代の先輩で……」

説明しながら、頭のなかでふっと「物語」が自分のなかに構築されつつあるのに気づいた。つたない、手すさびの物語。

けれど、それはこの身体のなかに確かに眠っていたのだった。

3

発表は、帰りの船のなかで行なわれた。小説と言えるほどの目鼻もついていないから、口にするのがこそばゆい。ためらわれたけれど、それでも発表は発表と割り切ってトップバッターとして打席に立った。

ときは幕末期の江戸。季節は、六月。

主人公は、日之出千代と浅草佳代。職業は芸者。

千代には、世話をしてくれる旦那様は今のところいない。でも想っている人はいる。それが、姉貴分の佳代を贔屓にしている男性だ。色男で、佳代以外の芸者もよく座敷に呼んでいるようだが、一度でいいから自分も呼んでもらいたい、と心ひそかに千代は思っていた。

この時代、自由恋愛による結婚は一般的ではなく、想いを口にできるはずもない。けれど、この千代が秘めた恋を佳代に打ち明けると、日頃から「これからの世の中は誰だって好きな人と一緒に生きられるようになるべきよ」と後輩に自論を述べていた佳代は積極的に恋を後押ししようとする。

男は身だしなみから察するに、旦那になる甲斐性はなさそうだが、その一方で考え方に新しいところがあった。佳代は、この男が宴の席で「女も自分の意見をどんどん口にする時代がくる」と言っていたことを覚えていたのだ。

江戸の世も先行き不鮮明で、世相も混沌として落ち着きをなくしている。もしかしたら、もう芸者だからと運命を相手任せにする時代は終わるのかもしれない。

きっとあの男なら、旦那という制度としてではなく、純粋な気持ちから千代と夫婦になってくれるのではないか。

千代の想いを遂げさせてあげたい。実は佳代には五年前に病気で亡くした妹がいて、千代を妹と重ねているところがあったのだ。

――千代ちゃん、私があの人に気持ちを伝えてあげようか。

佳代は任せておいてとばかりに、男に千代の気持ちを伝えて、どうか千代に会ってやってもらえないかと訴える。すると、男は悲しそうな顔になり、佳代にこう言うのだ。

――自分はつねにあべこべな男だ。船にはいつも水が満ちていて、船の周りには一滴も水がない。だから、千代さんと男女の仲になることはないだろう。

そのまま九日ほど、男は店に現れなかった。三日と空けずに芸者遊びをしていたこの男にとってこれは天変地異の一大事。芸者仲間のあいだでも死んだのではないか、などと噂する者まで出る。

十日目――雨が降り出した。坂の下にある家々は腰のあたりまで浸水してしまうほどの大雨である。

男は月の初めに来店予約をまとめてとっており、それを店への最低限の義理と考えているようだった。この日は、ちょうどその予約日に当たった。

ところが、いつまで経っても男は現れない。男の家は坂の下にあるから、店に来たほうが避難できるはずである。

佳代は心配になる。

最後に言葉をかわしたときの男の悲しげな顔がふいに思い出される。それから、ふと自分が男の気持ちを勘違いしていたらどうしよう、と考える。

男の自分への気持ちがお気に入りの芸者以上のものではないと考えて千代に紹介しようとしたが、もしも男が自分のことを好いてくれていたとしたら、千代を薦めたことで傷つけたことになる。

男は自殺を図っているのでは、との疑念が佳代を捉える。でも、反対にこれは罠かも、とも考える。予約を入れているのに姿をあえて見せなければ、佳代が心配して男を探しに来るという魂胆かもしれない。

佳代は悩む。浸水がひどいと言っても、溺れるほどではない。男の様子を見に行こうか。けれど、江戸の町は火も噂も回るのが早い。

命に関わる大事とはいえ、男を助けに行ったことはすぐに店の仲間や客たちの知るところとなる。そうなれば周りは佳代のことを、お座敷で出会った客に入れあげたなと誤解する。それでは千代にも合わせる顔がない。

あれこれ考えた結果、佳代はもうここへは戻るまい、と覚悟を決めて店を出る。目的は千代の好きな男の無事を確かめること。そうしたら、べつの町へ移ろう。江戸を出れば、また一から始められる。

同じ頃――避難してきた人々の世話に明け暮れながら、千代はほんの束の間まどろみ、夢を見ていた。佳代が芸者宿を出て行く夢だ。

夢の中で千代は佳代に理由を尋ねる。

すると、佳代は答えるのだ。

――もう泪が涸れてしまったの。

真夜中、目を覚ますと、どこにも佳代の姿がない。同じ頃、町医者が千代に、ある男の看病を頼みにくる。

――坂の下にある自宅で自殺を図ったらしいが、どうにか一命を取り留めた。行って看病してやってくれ。

行ってみると、これが千代の好きな例の男の家で、看病するうちに二人は結ばれ、物語は幕を閉じる。

4

「不思議な話だ。そして、何となしに奥ゆかしい。じつに君らしい物語だったよ」

唐草教授は軽く拍手をしながら労ってくれたが、なぜだろう、こちらは研究発表の何倍も疲弊してしまったうえにやり遂げた感はまるでなかった。

土俵が違う、という違和感と気恥ずかしさだけが残った。創造物を人の目に晒すってこういたたまれない気持ちになるものなのか。

「さて」と唐草教授は言った。「解体に入る前に、君たちに教えておきたいことがある。と言っても真新しい話ではない。一度は講義のなかで言っているから、メモはいらない」

唐草教授は、そう前置きしてから表情を引き締めた。

「美学概念のなかに〈遊戯〉なるものがある。本質的には、子どものお遊戯と同じで、言ってみれば、人間の根幹にある遊戯衝動全般を指している」

だいぶ以前の講義で聞いてはいるものの細部はうろ覚えだ。姿勢を正し、拝聴する。

「その対象は美であって、衝動の究極目標は自由だと言われている。遊戯衝動は、あらゆる理性や現実の世界における原理原則を打ち砕く。ある意味では生まれたてで、手垢のついていない文化がそこにあるんだ」

唐草教授の講義は難しい。でも、子どもの遊ぶ風景を思い浮かべると、何となく理解することができた。砂場で砂山や城を作って遊ぶ姿は、文化以前でありながら、もっとも純粋な文化人のようにも見える。たぶん、そういうことなのだろう。

「芸術のなかには、稀《まれ》に〈生粋《きっすい》の遊戯者〉がいる。何の目的も持たず、主張もなく、イデリスティックなところもなく、ごく自然に感性と理性との宥和を作品の上で体現できる芸術家を僕はそう呼んでいる。主義でやっているのではなく、なるべくしてそうなっているタイプだね。たとえば、さっき少し話したマルセル・デュシャン――」

そこまで唐草教授が話したとき、ミナモが手を挙げて尋ねた。彼女はいつも空気を読まずに自分のタイミングで発言をする特異な人物なのだ。

「唐草先生、デュシャンは芸術の既成概念を壊した前衛芸術家ですし、〈遊戯〉とは違うのではございませんこと？」

「いや、彼には芸術を壊すなんて意識はなかっただろう。既存のあらゆる価値観から自由になっただけでね。ただ、デュシャンの場合、彼のやったことに歴史的な価値が生じてしまったのは確かだ。言うなれば、〈ちょっと偉大すぎた遊戯者〉だな」

〈すぎる〉にもほどがあるでしょうに、と思いながら、ふむふむと頷き、続きを拝聴する。

「行きの船で、私は『泉』を例に出したね。デュシャンは便器にそういうタイトルをつけて美術館に出品した。すぐに撤去されてしまって今では作品自体残ってないが、当時、既製品《レディ・メイド》を芸術と呼んだこの作品は、〈芸術とは何か〉という根本を改めて問いかける形になった。

しかし、レディ・メイドの発想自体は、発明のレベルでしかない。芸術の終焉と言われる時代の自然な流れだね。デュシャンがやらなければ同時代の誰かがきっと思いついていた。だから『泉』のすごいところはそんなところにあるわけではない」

「それでは、どこが遊戯者なんですの？」ミナモはせっかちにそう尋ねる。

「私が彼を遊戯者だと思うのは、そのタイトルが『泉』だったことだ。子供って線をぐちゃぐちゃに描いてそれが蜘蛛《くも》に見えたからという理由で『蜘蛛を描いたよ』と言ったりする。創造すること以外に何も意味がないから、それでいいんだ」

遠い昔、雲の形が何に似ているのか考えたり、壁の染みを怪物に見立てたりしたのを思い出した。あれも、〈遊戯〉なのだろうか。

唐草教授は続けた。

「デュシャンは芸術にかかっていた負荷をいったんなくして、『ほら見て、これ泉みたい』と言ってみせた。まだ便器の存在すら知らない、文化的制約からも自由な〈遊戯〉の精神でしか生まれ得ない発想なんだ」

前衛芸術やレディ・メイドに対して抱いていた「知恵の輪のような面倒くさい芸術」との思い込みを打ち砕かれた気がした。

だが、ここまで聞いて疑問が生じる。

なぜいま、このタイミングで唐草教授はこんな話を始めたのか。

答えはそのあとに用意されていた。

「君たちに博覧強記の論文など期待していない。そんなものは無理だろうし、たとえできたとしても面白いものではないだろう。それよりも、私はデュシャンの〈遊戯〉のような常識を超えた発想を期待している。自分の研究対象に取り組むときは、さきに研究書に目を通さずに自分の感性でテクストに向き合ってみてほしい。そこでの〈遊戯〉こそ私が君たちに期待するところなんだよ」

しかし――と唐草教授は言葉を切った。

「四年生にもなると、みんな妙に頭でっかちになってくる。みんな聞いてくることは同じだ。どんな参考文献を当たればいいでしょうか？　今年に入ってこの質問をしてきたのは十人ではきかないだろうね。私が今回、創作の課題を出したのは、じつは君たちの思考のリハビリのためでもある。君たちが作ってきた創作物は、いずれも図書館をいくら漁ったところで参考文献など出てこようはずのないものばかりだ。しかし、独自の視点で解体する者の目には、美的解釈はもちろん参考文献すらそのなかに眠って見えるのだと理解してもらおうと思ってね」

そう言って唐草教授はゆっくりと黒猫のほうへ歩いていった。

「それじゃあ、黒猫クン。解釈のトップバッターを頼めるかな？」

黒猫は、足を組んで船の窓の縁に頬杖をつき、外に目をやっていたが、こちらへとゆっくり顔を向けた。

視線がぶつかる。

その目に、自分のすべてを見透かされているようで、思わず身構えた。

黒猫は「わかりました」と言うと、みんなを見回してから優雅な声色で解体ショーを始めたのだった。

5

「僕が彼女の物語を聞いている間に終始イメージとして浮かんできたのは――水と船でした」

あの話から「船」のイメージを読み取られたことに、核心を直接突かれた気がした。

「なので、〈水と船をめぐるテクスト〉として解体してみたいと思います」

唐草教授が静かに頷き返す。

「まず、舞台設定の浅草について、常識的な範囲での知識を補足します。江戸時代、浅草は米蔵があったことから多くの下級役人が配され、活気がありました。明暦の大火以降は吉原遊郭が移転してきたのを契機に歌舞伎座なども誕生し、大人の遊び場の様相を呈していきます。ここで物語上重要な役割を果たす水と船が関わってきます」

「ふむ」唐草教授は思わず、といった感じで唸り声を上げる。

「これらは浅草に隣接する記号です。牛の隣接記号が牧場であり、緑であるように、水に浮かぶ船というのは隅田川に隣接する浅草と数珠つながりのイメージ網で捉えることができます。そして、男の自殺の話が最後に出てくる。水と船のイメージがきて最後に自殺と言われれば、当然思い浮かべるのは入水《じゅすい》自殺。そこへ――クライマックスの大雨。これもまた、水です。しかし、それらはいわばテクストの表層のイメージにすぎません。表皮をめくるとどうなるか？」

どうなるの？

話したはずの自分がわかっていないのだから、こうなると傾聴するしかない。

「命題は一つです。すなわち、

●男が佳代に言った『水の満ちた船』は何のメタファーなのか。

ここで少し脱線をして、テクストを引用します。先ほど唐草教授が示そうとされた〈参考文献の意味〉ですね」

参考文献の意味？

「先ほど唐草教授が仰ったのは、参考文献に当たる手順の話でした。何も考えないうちから参考文献に当たるほど無意味なことはない。まず、テクスト解体のベクトルを定め、その論証のために文献を渉猟する。それが参考文献の定義です」

すごい。彼は唐草教授の意図を的確に汲《く》んで論を組み立てようとしているのだ。参考文献のない論文などないのに何を言っているのだろう、と訝っていた自分の浅薄加減が呪わしい。

「僕はこの物語に、インターテクスチュアリティを見て取りました。もう一つのテクストを解釈することが、彼女の〈水と船をめぐるテクスト〉を読み解くうえで重要になってくると思います」

「そのインターテクストとは何かね?」

「エドガー・アラン・ポオの『早まった埋葬』です」

驚いた。最近久々に読み返して印象に残っていたポオの短篇のタイトルが、何も言っていないのに彼の口から飛び出したのである。

「知らない人のために言うと」と黒猫は言った。「『早まった埋葬』の主人公は、突発性の全身硬直症に悩まされており、生きたまま埋葬されることを恐れています。彼女のテクストは、見た目は江戸の人情小説ですが、実際にはこの『早まった埋葬』と同じ型を持っているのです」

「どういうことかね?」唐草教授が尋ねた。

「彼女のテクストのなかで男は『自分はつねにあべこべな男だ。船にはいつも水が満ちていて、船の周りには一滴も水がない』と言います。これは、『早まった埋葬』の主人公の、呼吸がない状態にありながら生きているという〈あべこべ〉を即座に想起させる台詞なのです」

意識しないでしゃべっているうちに、ポオを下敷きにしていたようだ。

「さらに『早まった埋葬』における〈死〉を〈恋〉と置き換えてみると、符合する部分が多くなります。恋は、いわば初めて人間が生の躍動に気づくための装置であり、恋を失うことは死を生きながら体験するのに近い。

この置き換えによって、ポオのテクストは〈恋に落ちていないのに、恋に落ちていると間違われることを恐れる男の話〉に変わります」

まるで手品のようだった。死んでいないのに死んでいると間違われることを恐れる男の物語を、恋にずらすと、不思議とさっきの物語に符合してくるではないか。

「はじめに男は佳代ばかりをお座敷に呼んでいるわけではない、と触れられています。だからこそ佳代は自分のもとに男が通って来ているにもかかわらず、千代を紹介しようと思ったのです。しかし、一方でこのとき、男の本心はどうだったのでしょうか？」

男の本心——。

「さまざまな女性と付き合いはあっても、恋はしていなかったのかもしれない」

そんなこと……あるのだろうか？

「どこからが死の始まりか。どこからが恋の始まりか」

歌うように黒猫は言う。ポオのテクストを振り返り、指でなぞれば黒猫の言いたいことはうっすらわかる気がした。彼は続ける。

「判断は人によって違います。誰と夜を共にしようが、一人しか愛していないと主張し、それが真実であるような人間も、中にはいるでしょう。結論から言えば、その男は佳代だけを愛していたのです。そうでなければ、あの台詞は出てこない」

——自分はつねにあべこべな男だ。船にはいつも水が満ちていて、船の周りには一滴も水がない。だから、千代さんと男女の仲になることはないだろう。

「それは、男が佳代以外の女に接するときの態度の表明に違いない。さて、そこでさっきの命題です。〈男が佳代に言った『水の満ちた船』は何のメタファーなのか〉。〈死ぬ〉という行為を〈恋する〉という行為概念に置き換えているのと同様の関係がここにもあるのです。船は身体のメタファー、水は愛のメタファーだと考える。すると、佳代に愛を捧げたいのに、佳代は見向きもしない。だから男は自分のなかに愛を溜めるしかない。船の周りは乾いている——」

風景がすっきりと澄んで見えてくる。

拍手の音が、響いた。

唐草教授だった。

「ありがとう、黒猫クン、素晴らしい解体ショーだった。僕が言わんとしていることをすべてくみ取り、模範を示してくれた」

それから唐草教授は、一同を見回した。

「黒猫クンが今やって見せたのは、いわば手すさびにすぎない。さっき私の言っていた

〈遊戯〉だ。けれど、その自由な発想のなかに、すでに研究の萌芽がある。君たちにも、研究に当たるときは、この精神を忘れないでもらいたい。さて、それじゃあ次は誰に発表してもらおうか――」

黒猫を除く全員が顔をさっと伏せたのは、言うまでもなかった。

6

その帰りの出来事だ。

現地解散のあと、せっかくなので仲見世通りへ向かった。その昔、母と来たことがあるのだ。初めてベーゴマなるものを買ってもらい、興奮していたことが懐かしくて、一人でぶらぶらすることにした。

人形焼の匂いや団子の芳ばしい香りが一体となって漂う。妖しさと郷愁、童心などが煩雑に詰め込まれた空間は、歩いているだけで胸が躍る。

からくり人形売り場の前で玩具をいじっている黒いスーツ姿の男が目に留まった。

黒猫――。

だいぶ小雨になってきたとは言え、まだまだ降っているのに、彼は傘を差していなかった。声をかけようか迷っていると、ちょうど黒猫が立ち上がってこちらに顔を向けた。

とっさに、傘を差しだす。

「おや、こんなところで〈佳代さん〉に出会うとはね」

彼の意地の悪い笑みを睨み返す。

「さっきは好き勝手な解釈をどうも。黒猫クン」

やはり、まだこの男に心を開けない。どこかで見下されているような気がしてしまうからだろうか。自分が研究にもっと自信をもっていれば、劣等感を抱くこともないのかもしれないけれど。

「あれは解釈のほんの入り口だよ」

「あれが入り口？」

「たとえば、僕はさっき一つに問題提起を絞ったが、実際にはほかにもあと三つほど命題はあったんだ。
●嵐の夜、佳代はどこへ消えたのか。
●千代の見た夢は何を意味するものなのか。
●町医者はなぜ千代に男の看病を頼んだのか。
これらを解体していかなくては、君の物語の内部にメスを入れたとは言えないだろうね」

本人がわからぬものを、彼にそれがわかるのだろうか？

興味が湧いてきた。

「……その答えは、出てるの？」

そうだな、と黒猫は言って、出口である雷門を指さした。

「とりあえず、せっかく浅草に来たんだ。ぜんざいでも食べて帰ろう」

傘を差し、歩き出す黒猫について行く。彼のペースに巻き込まれているのが悔しかった。

だが、ここで帰るなんて真似はできそうになかった。答えが、気になったのだ。

浅草の雑踏をするりとかわして歩く黒猫に、遅れをとらぬように歩き始めた。

7

茶屋風の店内に入ると、江戸の昔にタイムスリップしたような感覚に襲われる。天井がやけに低い二階の隠れ家風の一室に閉じ込められて待つこと十分。

最初に到着したのは黒猫の注文したぜんざい抹茶パフェだった。黒猫は書物を前にしたときのごとく楽しげにパフェを口に運ぶ。

「ぜんざいじゃなくてパフェが目当てみたいだけど」

「両方だよ」

そう言って黒猫は餡子《あんこ》とバニラアイスをすくって食べる。そのタイミングで店員が現れ、こちらに抹茶を置いていく。

「君、お茶請けもなしで抹茶を飲むわけ？」

「べつにいいでしょ？　苦いのが飲みたい気分なの。抹茶は日本のエスプレッソです」

「ふうん。それなら漢方薬でも飲んでればいいのに」

「あのね、なんで私が漢方薬なんか……んん、それより続きを話して」

まあまあ、と言いながら黒猫はパフェをまた一口食べた。今度は生クリームのところだ。

「パフェはまさに完璧《パルフェ》な食べ物だと思うんだけどね。なんで君がこれを頼まずに渋い顔で抹茶なんか飲んでいるのか理解しがたい」

やっぱりぜんざいではなく、パフェが食べたくなったようだ。この男、どうやら無類のパフェ好きらしい。

「人それぞれなの」

この世が甘党ばかりと思うなかれ。珈琲、抹茶をこよなく愛するも漢方薬は常備しない苦党だってここにちゃんといるのだ。

「ところで、唐草教授が言っていた〈遊戯〉の話、理解できた？」

「んん、たぶん」

そう答えたものの正しく理解したという自信は、あまりなかった。

「君はポオを研究していることだし、ミステリ風の言葉に置き換えて説明しようか」

親切なのか失礼なのかわからないが、親切心だと受け取ることにして黙って拝聴する。

「〈遊戯〉っていうのは、あれだよ、結末が読者にゆだねられたリドル・ストーリーみたいなものさ」

リドル・ストーリーは理解できる。解決のない謎物語。けれど、それが先ほどの〈遊戯〉とつながるところには首を傾げてしまう。

「僕の知っているリドル・ストーリーに、里見弴《さとみとん》『俄あれ』という短篇がある」

「さとみとん？　聞いたことないけど……」

「有島武郎《ありしまたけお》の弟で、かつて和辻哲郎が美文家としては世界と渡り合えると評したほどの人物だ」

「へえ」

まだまだ知らぬ美の巨人は多い。この年になって自分の無学を痛感させられる。結局、ただ受け身になって与えられる情報を摂取しているだけだと、いつまで経っても知識は増えていかない。自分のアンテナがなければ、すべては流れゆく文字の川でしかないのだ。

「こんな話だ。ある男が友人の家に遊びにやってくるのだが、友人は留守で家のなかには友人の妻が一人いるだけ。そこに雨が降る――」

「にわか雨？」

「そう」

「この短篇は、その一瞬のあいだにかわされた短い会話で構成されている。一見何の変哲もない会話のようだが、見方を変えると女が男を誘っているようにとれる。そんな曖昧な会話が積み重ねられ、男はどう捉えればいいのか困惑の連続に陥る。気のせいか友人の妻の態度まで何やらいわくありげに見えてくる」

古い日本家屋のなかで、屋根に落ちる雨の音と、障子の向こう側で落ちる雨の音。二種類の雨音が共鳴する独特の風情が、目蓋《まぶた》の裏に浮かんでくる。そして、男女が一つ屋根の下にいる。

「ややもすると、エロティックなだけに終わりそうな雰囲気だが、二人の関係は実際にはまったく変わっていない。ただ雨がやむのを待っている他人同士の男女のいる風景だ。しかしその会話にはひとつひとつべつの意味にとれるところがある。結局答えはわからない。わからないまま——雨がやむ」

なるほど。見事なリドル・ストーリーだ。

「僕は、テクストはあまねくリドル・ストーリーなんだと思う」

「あまねく？」

「そう。たとえ何も謎がないように見えても、テクストに愛情をもって接すれば、何らかの謎が見えてくるはずなんだ。そこに謎を見たいと願うのが、テクストと解釈者のあいだに生じた関係性であり、一つの運命とさえ言えるだろう」

運命……。

日本家屋のなかでつかの間出会った男女。生涯を共にするわけでもなければ、情事を重ねるわけでもない。ほんの一瞬に見せた彼女の暗号と、暗号に迷う男。そこにすでに二人の運命が発生しているのかもしれない。

静かに幕を引くように、黒猫は語った。

「研究とは愛の行為でなくてはならない。君は、自分の研究対象に愛される自信があるか？」

「それは……」

研究対象に愛される自信。そんなものがあるはずがなかった。こんな何の取り柄もない、ただポオが好きだというだけの学生に。

「はいブブー」

「え？」

黒猫はシニカルな笑みを浮かべてこちらを見た。

「それくらい即答しないと。その曖昧な姿勢こそが問題なんじゃない？　君は今すぐ就職活動をしたほうがいいのかもしれないな」

痛いところを突かれた。研究へ向かおうとする自分に、お前なんかにまともな研究ができるのかと自問するもう一人の自分がどこからともなく湧いて出て、今からでも就職活動をするべきではないかと急《せ》き立てはじめる。

「とまあ厳しいことを言ってみたけど、難しく考えることはないんだ。ただ決めればいいだけのことなんだ」

「そんな簡単に言わないでよ」

「簡単だよ。腹を括《くく》るだけさ。人生も研究もね。どの道を行くのか、誰と結ばれるのか、何を研究するのか。覚悟を決めたら、来た道を振り返らない。ただ全力で向かっていく。ただし、できるだけシャープな尺度をもってね。それ抜きでは、何事も独りよがりだ」

シャープな尺度、という言葉が胸に響く。自分がこれから磨かねばならないもの。自分にはシャープな尺度があるのだろうか？

もしかしたら、いま向き合っているのは進路云々よりももっと大きな問題かもしれなかった。何かと向き合う際に、研ぎ澄まされた視線でその対象を追い続けることができるのだろうか？

「まあせいぜい悩んで」

「すっごい上から目線」

「正しいことって、なかなか下からは言いにくいんでね」

それはわかるが、まだ知り合って一ヵ月のあなたに言われたくはないのですよと不服満面でいるのに、黒猫はそれを放ってパフェを口に運ぶ。「抹茶アイスと餡のバランスが絶妙だな」目を閉じて心から味わうように言って続ける。「そして——君のさっき作った即興の物語もまた、リドル・ストーリーみたいなものなんだ」

ああ——ここにつながるのか。

「さっきの三つの問題提起のこと?」

「いや、あの三つはそのリドル・ストーリーのなかの諸要素だ。最終的に、構造の点で言えば、君の話は二者択一のリドル・ストーリーになっている」

「え……そうなの?」

「男の意図だ。男は本心から自殺を図ったのか、それとも佳代を誘い込むための罠だったのか」

たしかに、そう言われてみれば、二者択一と言えなくはない。

「この二者択一が根幹にあることを踏まえながら、テクストを解体していくよ」

黒猫は白玉を口に入れてゆっくり咀嚼し、飲みこんでから話を再開した。

「まずは、〈嵐の夜、佳代はどこへ消えたのか〉から検証しよう。ここの回答が物語の要《かなめ》だろうね。君に尋ねよう。この話は佳代が男に殺されたというミステリなのかな?」

「だが、それにしては殺人を思わせる伏線が何も出てきていない。となると、佳代がいなくなったのは、あの男による殺人事件の類じゃない。自主的にいなくなったわけだ。ヒントになるのが、〈千代の見た夢が意味するもの〉だ。千代の夢は、この舌足らずなテクストにおいて、姿を消す佳代の心の状態を探る唯一のヒントとなる」

「ううむ」

「千代の見た夢は、佳代の深層心理を代弁するものであり、現実の雨が佳代の涙である可能性を暗示させる。そして、物語のなかに涙の背景を求めるなら、男がその涙に何らかの関与をしていると考えざるを得ない。あくまでテクストを独立した産物として見た場合だが」

「なぜ――男によって悲しみを？」

「このテクストには答えはない。佳代が男の家に行く決断をしたとは語られても、結末が伏せられているからだ。だから、伏せられた、男の家での一幕に、涙の鍵があると考えられる」

「それ、面白そう」

そこで黒猫はスプーンをくるりと手のなかで一回転させた。

「男の家での一幕……」

家の中の男女――何やら、先ほどの「俄あれ」と重なってくる。

「先に〈町医者はなぜ千代に男の看病を頼んだのか〉から解いていこうか。僕はこの物語の胆はここだと思ってる。この問いをこう言い換えてみようか。〈町医者は誰の差し金で、千代に男の看病を依頼したのか〉」

「嘘……もしかして」

信じがたかった。自分のした作り話が思いがけない方向へと動き出す。

「つまり、佳代が医者を千代の元に寄越したってこと？」

「親族でもないのに医者が千代に看病の依頼をするのは不自然だ。でも、千代の思いを知る誰かが医者に頼んだとしたら？」

「そっか」

「となると、この物語は、一言で言えば〈身を引く女の物語〉ということになる」

それから黒猫はぜんざい抹茶パフェにスプーンを差し込み、白玉を口に運んだ。こちらは抹茶から立ちのぼる香りを愉しむ。すぐに手をつけて舌をやけどしては、せっかくの抹茶を味わえない。

「話は変わるけど、僕はさっきこの物語のインターテクストとして、『早まった埋葬』を挙げたね。あの小説のタイトル、The Premature Burialは、〈機の熟さぬ埋葬〉の意味だが、これ自体がアイロニーに満ちている。凍っていない氷みたいなもので、要するに成立していない。また、このアイロニーは、正規の埋葬とはThe Mature Burialであるという逆説的なテーゼを導き出している。埋葬に機が熟するって考え自体、普通はしないだろ？」

「たしかに……肉体の死がイコール死だとみんな当たり前に考えているから」

「ところが、じゃあいつからが死なの？　と問われると、途端に話は曖昧になってくる。これが、ポオの仕掛けた〈遊戯〉だ」

黒猫はそう言って白玉をパフェのいちばん下に押し込んだ。まるで埋葬するみたいに。

「ポオはこのテクストで、見た目が死んでいるのと変わらない全身硬直症の主人公を登場させることによって、生や死というよく見知っているはずの題材で遊んでいるんだ。デュシャンが便器を『泉』と名づけたように、ポオは肉体の終わり＝死という固定概念からの逸脱を試みている。何が死なのか、何が生なのか。答えは出されることなく物語は幕を閉じている。このテクストを主人公の被害妄想によるユーモア恐怖譚だと捉える向きもあるだろうし、もっと深読みもできるだろう。この辺りの手つきはじつに優雅な遊戯――神による〈遊戯〉を思わせるね」

黒猫は奥底に沈めておいた白玉をスプーンで掬《すく》い上げ、「この白玉も危うく埋葬されるところだった」と言いながらそれを口に運んだ。思わず噴き出してしまう。

「話を君の物語に戻すよ。〈身を引く女の物語〉のなかで男が苦しめられていることは、さっきみんなの前で話したよね？」

「ええ」

「男は、自分の心がいつまでも伝わらないことに苦しみ、身をもってそれを表すべく、自分の用いたメタファーを実体化したような自殺の方法を選ぶ」

「自殺の具体的な内容なんて私……」

天井が狭いことも忘れて思わず身を起こし、天井に頭をぶつけてしまう。

黒猫はニャッと笑ってこう答えた。

「言わなくてもわかるんだ」

どうして――。

「彼の家は坂の下にあったわけだろ？　折しも江戸の町が大雨で浸水してしまう。江戸時代は木造中心で室内にも水が浸透しやすいから、男の家も腰のあたりまで水浸しになっている。もっとも、時間が経てば水は引いていく。でも、引いていかない水もある」

「引いていかない水？」

「家のなかにも船と呼ばれる場所が一箇所あるね。さあどこかな？」

「家のなかの船――そんなの……」

言いかけた瞬間、解答が頭に浮かんだ。

「まさか、お風呂？」

「風呂桶にお湯を張ると、湯船というよね？　不思議じゃないか？　船の内側に水があるのに、それで船として成立しているなんて。まるでこの男と同じアイロニーに満ちた存在だ」

「じゃあ、自殺の方法って……」

「男は前の晩に酒でも飲んで、そのまま空の風呂桶に眠ったんだろう。町じゅう大雨でみんな坂の上に避難しているなかで、男は風呂桶のなかで天命を待ったんだ。ところが――そんな男の計画に一人だけ気づけた人間がいた」

「佳代？」

「そう。なぜなら、佳代は男の告白を聞いた唯一の人間だからだ。男の家が坂の下にあることを知っていた彼女は、思いつめた男の様子を思い出し、彼の家に走って風呂桶から助け出す。男はまだ意識が戻っていない。佳代は迷う。男は自分を本気で好きだったようだ。だが、その愛を自分は受け止められるだろうか？　男を想う気持ちと男を信じきれない気持ちの間で揺れた末、彼女の行動を決定付けたのは――千代の存在だった」

千代――男のことを純粋に恋い慕っていた妹のような存在。

「最終的に、佳代は男が自分を本気で好きかどうかよりも、千代の恋心を優先させてしまう。そして町医者を呼び、千代に看病をさせてほしいと言付けて失踪する。佳代は悲しんでいたはずだが、悲しみの発端は、男に〈水船〉の話をされたときだっただろう」

黒猫は、あえて〈水船〉という言葉を使った。それは、当然ながら先ほどのアート展で最後に見た溝口先輩の作品のタイトルと同じだった。

「佳代は千代のために自分の気持ちを諦めようとして──涙も涸れ果てた」

──もう涙が涸れてしまったので。

符合する。物語が黒猫の論理の網にかかっていく。

「以上が解釈A」

「解釈Aって、どういうこと？　解釈Bもあるの？」

「最初から言っているとおりさ。この話の要は二者択一にある。今のは男が自殺を図ろうとしていた場合」

「それじゃあ、男が佳代を誘い込もうとしていた場合の解釈もあるの？」

「〈水船〉の話をした段階から彼女を騙そうと思っていれば、そう難しいことではない。佳代はそうと知らずに男の台詞から彼の気持ちを知った気になる。そこに大雨による浸水。心配になった彼女は、男を探しに行く」

ここまでの表面的な動きは解釈Aと同じだ。

「でも、そこでは佳代が来るのを男がてぐすね引いて待っている。彼女はもはや術中にはまったようなものだ」

いやな話だ。こういう話は、しぜんに聞きたくないと身構えてしまう。

──もう涙が涸れてしまったので。

この場合の泪は、男に騙されたための泣き寝入りの泪という意味になるのだ。

「佳代は罠にかかった。起こるべきことは起こってしまったのかもしれない。しかし、直後に後悔の念に駆られた佳代は、すぐに男から離れる。「もう私は二度とあなたの前には現れません」と言い置いて」

「……後味悪いよ、それ」

「そうでもない。忘れたかな？　男は実際に医者によって自殺未遂で一命を取りとめたと言われてるんだよ」

「そっか……でも、それはつまり……どういうこと？」

「こんな結末はどうだろう？　佳代は女泣かせの男が、これから生きていくのが怖くなるような台詞を吐いた。男はその言葉にショックを受け、佳代が去った後、風呂桶に身を沈める。佳代は医師に千代への伝言を頼んで失踪する」

　ぞくりとする。その瞬間に佳代の執念を見た思いがした。これでは武器のない殺人ではないか。

「でもそれも妹のように可愛がる千代のためだ。男は命を取りとめたとはいえ、翼をもがれた鳥も同然。もう女遊びをしようとは思わなくなり、千代と幸せに暮らした。佳代も一《いっ》矢《し》報いたことで気持ちに区切りをつけ、べつの町で新しい暮らしを始めた——」

　どっちなんだろう？

男は自殺しようとしていたのか、それとも騙す気だったのか。あるいは、佳代を好きだったのか、ただの女好きなのか。

黒猫の解釈によれば、二つの読みができるように思えてくる。

「どちらも悲恋には違いないが——後味も違えば、ヒロインへの印象もだいぶ変わる。ただしどちらもテクストの表層だ」

「深層は？」

「水と船のイメージが何を象徴しているのか。水を愛、船を身体と捉えれば愛と性についての耽美的なテクストとも取れる」

そんなつもりはなかった。思わず顔を赤らめる。

黒猫はそれから最後のひと掬いの抹茶クリームを食べ終えると、スプーンをぴんと立てて言った。

「さて、それじゃあテクストの外側へと目を向けようか」

「え……？」

「なぜ君がこんな話を思いついてしまったのか」

「なぜって……そんなの……」

「君はたぶん比較的最近になって『早まった埋葬』を読み返した。その際、自分の〈早まった恋〉にでも思いを馳せたのかもしれない」

「……さあどうでしょうね」

抹茶をすすった。器の口が広いから、もう熱くはない。

「まあ、あまり君をいじめても仕方ないから、これ以上の追及はやめておこう」

室内はしんとしている。

雨はやんだのだろうか？

漆喰の壁、ほの暗い明りに照らされていると、いまが昼間なことさえ忘れてしまいそうになる。

「そう言えば、さっきのアート展の最後のコーナーに来たとき、君は知り合いに会ったようだったね」

そう言ってこちらの表情を覗き込む黒猫は、本当にいたずらを仕掛ける猫のように見える。

こちらも負けずにそ知らぬ顔でやり過ごす。

「雨やんだかな……」

「おっ、動揺が」と黒猫。

「違うってば！」

「さらに大きい揺れを観測」

「あのね……」

黒猫はふふっと笑った。

「と、このように、誰にでも触れられたくない部分はある。そして、テクストにはそれが込められている。君が研究対象にしているポオのテクストだって、きっとそうなんだ」

「……そっか」

黒猫はいたずらにこちらを攻撃しようとしていたわけではなかったのだ。

「テクストに土足で踏み入って笑っているような研究は多いかもしれないし、僕にはそれを研究にあらずと言う気はないよ。でも、それだけが研究ではない。君の流儀を見せてごらん」

「私の——流儀……？」

そんなものがあるのだろうか？

少なくとも、いまはまだない。見せられるような〈流儀〉は、ポケットを逆さにしても出てこない。

「佳代は自分の心を見て見ぬふりをするのが得意な女だと僕は思うね。でも、雨はやんだ。そのあとの彼女が相変わらず同じ性質の女なのかどうか？　答えは解釈に委ねられている」

「黒猫クンの解釈は？」

「佳代は自分の気持ちをはっきり言える女になる。もちろん、人間はそんなに簡単には変われない。それでも、彼女は相手にまず自分の思っていることを伝えるようになったんじゃないだろうか？　危うく一人の人間が死にかけたんだからね。解釈Aも解釈Bも、煎じ詰めれば千代の前で本心を言わなかった佳代が引き起こした殺人未遂事件だ」

黒猫は、もしかしたら溝口先輩と自分の関係を類推しているのかもしれない。あの物語が、溝口先輩と自分との間に起こった過去の恋愛模様を反映している、と。

そう考えて、ふとアート展の会場で感じた視線を思い出した。

あのとき——やっぱり黒猫はこちらを見ていたのではないだろうか？

黒猫がいまどんな想像をしているのかはわからない。それこそリドル・ストーリーだ。

だが、取り澄ました顔をして、あらぬ推測を黒猫がしているかと考えると、楽しい気分になった。

遠い記憶——。

たしかに、あの日の図書室で出会った人物との恋を、自分は無意識のうちに物語に託したようだ。

けれど、その人物は溝口先輩ではない。

彼は、もうこの世にはいない。一人の少女を図書室へと誘い、救い出してくれた男——。

エドガー・アラン・ポオ。

天才的な頭脳を持ちながら、身体という船を、アルコールという水で溢れさせ、命を絶った男。

船（＝ポオ）の周りにはいつも水（＝酒）がなく、水（＝酒）はいつも船（＝ポオ）の中にあったのだ。

ポオはついに死に捉えられた。船に水が満ちた結果として。

しかし、彼の小説と向き合っている間は、たしかに彼とともに時間を過ごすことができる。そうするとき、ポオが今も生きているのを感じる。

〈佳代〉は、ポオ研究から逃げたい自分と、ポオ研究を続けたい自分の両方を映しこんだ存在だ。そして、〈千代〉はもっと純粋に好きと言っていればよかった高校時代の自分。

思えば、図書室での衝撃的な出会いから、ずいぶん遠くまで来たものだ。

水と船の——未熟すぎた記憶をめぐる遊戯。

その遊戯から、黒猫は、好きな者の前から逃げ出す一人の女の姿を炙《あぶ》り出した。

「ありがとう、黒猫クン」

「え？」

「私、逃げないよ。研究から」

そりゃ楽しみだ、と黒猫は言った。彼の目は、気のせいかまだ少しだけ何かを疑っているように見えなくもなかった。

店を出ると、薄ぼんやりと優しい水色の空に、虹がかかっていた。

なる。


「雨、上がったね」

また降り出すかもしれない——いつもそう身構えてしまう。

でも萎縮した身体を少しずつ解きほぐしていけば、次の一歩を踏み出すことは怖くなくなる。

再び迷う日も、きっと来るだろう。

けれど——。

そのときのことは、そのとき考えるのだ。

黒い背中は、浅草の雑踏を楽しむように歩き出す。

追いかける靴は、もう乾いていて、軽い。

ゆっくりでいい。

歩いていこう。

幼い頃、雲の形に名前をつけた、気ままな遊戯を思い出しながら。

第三話

複製は赤く色づく

The Masque of the Red Death, 1842

■赤死病の仮面

感染から半時間で死に至る致命的な疫病・赤死病が蔓延し、領内の人口が半減した国。

プロスペロ公は貴族たちの中から健康な者だけを集め、城郭風の僧院に立て籠もってしまう。僧院は高い塀を有しており、内側から閂《かんぬき》をかけてしまえば侵入することは不可能。食料の備蓄も万全な塀の内側で、赤死病が猛威をふるう城外のことも忘れ、公と仲間は平穏な日々をおくっていた。

籠城から六、七ヵ月経ったころ、プロスペロ公は豪華絢爛な仮装舞踏会を催した。その享楽の宴も進み、時計が深夜十二時の鐘を打ったとき、人々はある人物の存在に気づく。血まみれの衣装に身を包んだその人物は、あろうことか「赤死病の化身」に扮していたのだ……。

本篇では「赤死病の仮面」の核心部分に触れています。

1

　時鶏館の存在を知ったのは、七月のことだった。

　つい先週まで雨が降ったりやんだりの繰り返しだったのに、急に夏らしい暑さが顔を出したかと思うと、一気に主役に躍り出てアイスクリームを溶かすほど勢力を拡大しだしている。

　大学生活最後の夏休み——そう考えると、拷問のような日差しも何やら憂いを帯びてきた。

　その日、夏休みを二週間後に控えてざわついた学内の空気に、どこか取り残されたような気持ちを抱えながら、大学キャンパスを歩き回っていた。

　発端は、五限講義のあと、唐草教授にどうしても今日中に黒猫と連絡をとってもらいたいと頼まれたことだった。

黒猫は、卒業論文以外にもいくつもの小論文を唐草教授に提出しており、そのうちの一つが美学科の発行する機関誌『グラン・ムトン』に掲載されることになっていた。『グラン・ムトン』は美の井戸端会議をコンセプトに、実際の研究よりくだけた内容が掲載されるのだが、執筆陣は助手クラス以上であることがほとんどで、学生で掲載されるのは黒猫が初めてと思われた。

唐草教授は、来月号のために黒猫に改稿依頼をしようと思っていたが、肝心の黒猫が講義に現れず困っているという。

「申し訳ないけれど」と唐草教授に言われては、こちらも引き受けないわけにはいかない。

ところが、携帯電話に連絡しても呼び出し音は鳴りっぱなし。まだ家に帰っている時間ではない。ここ最近、黒猫の行動を注視してみた結果、最低七時くらいまでは図書館だのカフェテラスだの場所を変えながら書物を読み耽っているようなのだ。

最初に図書館を覗き、次にカフェテラスを覗く。そこにいたゼミの子たちに黒猫を見なかったかと尋ねると、つい今しがたキャンパスの坂を下りて門の外へ出て行くのを見たと言う。

時刻は五時。珍しい。もう帰宅するのだろうか？　あれこれ思案していると、ようやく電話がかかってきた。

——と思ったら、様子が変だ。

周囲が騒がしく、ざくざくとリズムが刻まれる。

ポケットの中で携帯電話が誤作動しているようだ。最初に聴こえてきたのは、奇妙な鳴き声だった。それから――。

「イラッシャイ」

人をからかおうとしているような声色だ。

黒猫はどこにいるんだろう？

どこかのお店にでも入ったのだろうか。それにしても、あんな声の人間がいるものかしら？　日本語を喋っていたけれど、どこか違和感がある。まるで――腹話術師の裏声のようだ。

続いて聴こえてきたのは、ガーガーという声。ああ、これは鳥の声だなとわかる。ガチョウか何か、たしかフラミンゴもこんな声で鳴くのではなかったか。そんなことを思っていると、さらに重ねてギィイイィッと鋭い声が聞こえてくる。

これも鳥の声。

急いで推理をはたらかせる。鳥、鳥と続いた以上、その前に聴こえたあれは……。

――イラッシャイ。

あれも――鳥？

しゃべる鳥と言えば、オウムだ。もちろん野鳥ではない。しつけられた鳥のいる場所。

そして、黒猫はついさっきまで校舎にいた。

徒歩五分以内で鳥類の声が豊富に聴こえるところと言えば、一つしかない。大学別館にある鳥の庭《オルニス・ホルトウス》だ。美学研究科内にある生物美学研究から派生した〈生きた博物館〉として数年前に創設され、以来鳥類学者や鳥類マニアが訪れている。

敷地をまたいで、T公園を越えた先にあるため、学生のなかでもその存在を知る者は案外少ない。そんな場所で黒猫は何をしているのだろう？

「おーい、黒猫クン！」

仇名に「クン」はおかしいからやめてくれと何度か言われているのだが、なかなか黒猫と呼び捨てにする勇気がない。

数回呼びかけるも、どうやら聞こえていないようなので諦めた。鳥たちの奇声のなかでは、ポケットの中でくぐもって響く携帯電話の通話音など聞こえるはずもない。

仕方なく、緑豊かなT公園を突っ切り、最短距離でオルニス・ホルトゥスへと向かうことにする。T公園を出ると、桜の木が青々と茂る純和風の庭園風景が一転、アジア風の神秘的な植物群に囲まれた建物が現れた。

藪蚊も増えてきた。にわかに湿度が高くなり、熱帯のエキゾチズムが漂い始める。入り口には、巨大な鶏の石像が飾られていた。ダチョウより遥かに大きい。幻の鳥モアほどもある。もちろんこんな鶏が実在するはずもない。虚構の鶏だろうけれど、未開の地に祀《まつ》られた邪神のごとき迫力に満ちている。

と――そのとき、巨大な鶏の前で一眼レフのカメラを構えたショートボブの女性を見つけた。立ったまま撮り、しゃがんで撮り、また角度を変えて撮り、とずいぶん熱心に撮影している。

その女性に見覚えがあった。しばらく考えて、思い出した。

「写真家の涼村夏葉《すずむらなつは》さんですよね？」

一冊だけ、彼女の写真集を持っている。昨年、自由選択で選んだ「生物美学」の授業で、彼女の写真集がテキストに用いられたのだ。

「そうよ。あなたは？」

自分も名乗り、頭を下げる。名乗るほどもない一学生に、彼女はすっと手を差し伸べ、にっこり微笑んで握手をしてくれた。

「お仕事ですか？」と尋ねると、

「うん。コイツを撮り溜める仕事をね」

「コイツ？」

彼女が指さしたのは巨大な鶏の石像だった。

「シュイロヤケイ。実物はこんなに大きくないけどね」

「シュイロヤケイ……ですか？」

聞いたことのない名前だ。きょとんとしていると彼女は説明のために言葉を重ねた。

「セキショクヤケイの、さらにその元祖と言われている。言ってみれば、〈不可能な鶏〉なんだ」

「不可能？」

「セキショクヤケイは学術名が〈ガルス・ガルス＝鶏のなかの鶏〉というくらいで、鶏の祖先と言われているんだけれど、そのセキショクヤケイでさえ絶滅の危機に瀕している。なのに、朽羽《くちは》博士は鶏の進化の系図を見て、セキショクヤケイより一つ前の祖先にシュイロヤケイの存在を想定した。そして、シュイロヤケイを複雑極まりない交配の仕方で創り上げたの」

朽羽博士は生物美学の権威にして、生物美学《ビオエステテイカ》の実践と称して、鳥類学者や生物学者たちと協力し合ってオルニス・ホルトゥスの創設に尽力した美学界きっての異端児である。他分野との垣根を越えて美を検証するところは非常にアグレッシブなのだが、この博士には欠点があった。

絶対に人前に出てこないのだ。

学会はもちろん、授業を受け持つ教授職も、唐草教授から依頼されても頑なに拒絶し、自分の後輩であり、一番の理解者でもある倉片《くらかた》なる人物に教授職の代行をさせている。

朽羽博士はオルニス・ホルトゥスのさらに奥にある研究所で寝泊まりをしており、外界とは完全に接触を断っている。彼と話ができるのは、そこに出入りする数名の研究員と倉片教授だけなのだ。

「あの、撮影の邪魔はしないので一緒に中に入っていただいてもいいですか？」

初めてのこともあり、一人で門を潜るには何となく恐ろしかったのだ。すると、夏葉さんは声を上げて笑った。

「いいよ。フレームに入ってくる気じゃないんでしょ？　それに、誰かを探してるみたいだけど？」

「はい、実は——」

黒いスーツを着たほっそりした体型で嫌味な雰囲気の学生がここを通らなかったかと聞いてみた。

「あなたの言った特徴にどんぴしゃりの人がさっき中に入って行ったよ」

やはり——黒猫はここにいるのだ。自分の推理が当たっていたことに興奮して、唾をゴクリと飲みこんだ。

鳥が野放しにされた空間へ足を踏み入れることに、微かな躊躇を覚えた。

「じゃ、行こうか」

夏葉さんは爽やかな笑顔でそう言った。頷いて、彼女の後に続く。巨大な鶏の石像は、瞳孔の開いた目で、こちらを静かに観察していた。

2

夏葉さんは通行証を持っており、こちらは学生証を見せて中に入る。大学関係者は観料がかからないのだ。

オルニス・ホルトゥスは全体に半透明の網を巡らしてあり、鳥に逃げられないよう配慮しつつも解放感を保っている。

熱帯系の植物が植えられた、東南アジアの秘境のごとき雰囲気。ここに広がるのは鳥たちの世界なのだ。

最初にこれでもかというほど装飾過多なオウムから挨拶を受ける。

「イラッシャイ」

あの声だ。間違いない。黒猫はここに一度入っている。

辺りをきょろきょろと見回す。

クジャク、キジが自由に歩き回っているのが目に入る。

「大丈夫、滅多なことでは人間には危害を加えないから」

そうは言ってもやはり緊張に身体が強張る。

今日はたまたまなのかいつもなのか、客はほとんどいない。そして、黒猫の姿も——ない。困ったな、と思う。いつまでもここで時間を潰しているわけにもいかない。前期提出のレポートのための資料集めをしに図書館に戻らなければならないのだ。早いところ黒猫を見つけ出そう。院入試の際には大学四年間の成績も参考にされる。あまり卒論にばかかまけて情けないレポートを出すわけにはいかないのだ。

しかし、先に一人でこの巨大な鳥かごを進む勇気も持てなかった。そんなこちらの内心には構うことなく、夏葉さんはシャッターを切りながら進んでいく。

全部で九十種類以上が集められた鳥たちの楽園は、色彩感覚すら狂わせるほどに鮮烈な印象をもたらした。わずかな色しか持たない自分たちのほうが異物に思え、軽い疲労感を覚えた。

その最奥に、鶏たちがいた。

どうやらここがオルニス・ホルトゥスのメインでもある鶏のゾーンらしい。

夏葉さんは「この鳥を見て」と黒くて、大きな鶏を指さした。ゆったりとした歩き方は王侯貴族を思わせる。

「これは唐丸《とうまる》といってね、江戸時代に長く鳴くように品種改良された鶏だよ」

解説を立証するかのように、唐丸は実際に長く鳴いて見せる。

「江戸時代から品種改良って行なわれていたんですか？」

「江戸の市民たちは、より美しい容姿と声をもった鶏を手にしようと競い合ったんだよ。愛玩の対象だね。そもそも今みたいに鶏肉を食べるようになったのが江戸中期以降で、それまではむしろ神聖視しているところがあったんだ」

「どうして神聖視を？」

「時計がない時代、人々は鶏の声で朝を知っていたから、かな？　私もそれほど詳しくはないんだけどね」

鶏の声に朝を知る――ほんの数百年前には、そんな可視化されない時間を生きていた時代があったのだ。

首を前後に動かしながら、きゅっと引き締まった脚で歩く姿が、なんだか貴いものに見えてくる。

「鶏は中国から伝わった。でもその好かれ方は中国と日本では違うの。どちらも観賞用としていても、そこに何を見出すかは文化によって異なる。そうした文化圏固有の価値観は脇へ置いておいても、鶏のフォルムの美しさには目を見張るものがあると思わない？」

「鶏の――フォルム、ですか？」

「キジ科の鳥たちのなかでは地味で色彩のあでやかさには欠けるかもしれないけど、ほっそりとした首、柔らかさを伴いながら無駄を一切感じさせない胴体、そして強靭でしなやかな筋肉を供えた脚――まるで理想的なアスリートでも見るようでしょ？」

鶏の動きを凝視するときの夏葉さんは、直前の気さくな感じから一転、張りつめた空気を漂わせる。

「夏葉さんは鶏が好きなんですね」

「鶏は生物のなかでも特に撮り甲斐があるからね」

そう言いながら、彼女は唐丸のとなりに設えられた小屋へと移動する。そこだけが小屋としてしっかり区分されている。

「これは軍鶏《しゃも》。喧嘩ッぱやいから、隔離されてるんだ」

黒くて勇ましい顔つきをした鶏だ。先ほどの唐丸よりいっそう胴体に贅肉がなく、百戦錬磨の戦国武将といった風情がある。

「江戸時代にシャムから伝わったためにこういう名前になったらしいよ。軍鶏の美しさは、激しさと表裏一体になってる。自分が死のうが相手が死のうが、それが運命だと割り切っているようなところがあって、それが彼らの全身に緊張感を生み出しているの」

次、と言って夏葉さんが向かった先では長く尻尾の垂れ下がった鶏が高木の枝に止まってこちらを見下ろしていた。

「尾長鶏《おながどり》よ。尾が長いものは十二メートルほども伸びるみたい。土佐で開発された鶏なの」

次々に見せられるといちいち感心してしまって肝心なところを忘れそうになった。

「それから、今日の目的がこのシュイロヤケイ」

漢字で書くと、朱色野鶏。野生の鳥を作り出すという発想が、奇妙に捻じ曲がって聞こえるが、研究者の思考とはそんな矛盾をも超越したところにあるものなのだろう。

その外見に、息を呑んだ。

血を浴びたような朱色の肢体のなかで脚と目だけが黄色い。その奇妙な容貌は、禍々《まがまが》しいようでいて、どこか優雅で気品を兼ね備えてもいた。何より、原色のもたらす迫力は、見る者の生命の根源を脅かし、圧倒せずにはおかない。

「去年、やっと十羽孵《かえ》ったところなんだ。シュイロヤケイ、表にある石像ほどじゃないけど、ずいぶん大きいでしょ？　これでもまだ二歳。コイツの親はこの倍近くはあるわよ」

檻のなかの赤い鶏は、アヒルほどの大きさだ。この倍と言ったら、クジャクより大きいのではないか？

足が竦《すく》んだ。

目つきが鋭く、軍鶏よりも俊敏そうだった。

カナブンが飛んで、金網に止まった。

瞬間、シュイロヤケイは二本脚を幅跳びの選手のごとく豪快に開いて走り出し、金網の際まで来るとカナブンを嘴《くちばし》で突いて地面に落とした。カナブンは、仰向けになって苦しげに蠢《うごめ》いた。

　シュイロヤケイは勢いをつけ、もう一度突いた。カナブンの動きは弱くなり、羽は片方もがれたようだったが、そんなことで攻撃をやめたりはしない。もう一度飛び上がり、最後の一撃を決めた。

　戦慄が走る。その獰猛な獣性に、恐れを抱きつつも強く引きつけられ始めている自分がいた。

　夏葉さんはシャッターを切り続けた。

　その音を聴きながら、おかしいな、と思った。

　この先はもう出口。どうやら、ここがオルニス・ホルトゥスの最終地点であるようなのだ。

　それなのに――黒猫がいないではないか。

　いよいよ出口に差し掛かった頃、そんなこちらの表情を察したのか、夏葉さんが言った。

「じつはこの奥に普通の人は行けないコースがあるんだ。興味あるんだったら、一緒にくる？　時鶏館に」

3

時鶏館は、生物美学研究のなかでも鶏の研究に特化した研究施設として機能しているのだ、と夏葉さんは教えてくれた。研究所があることは知っていたが、その正式名称や、研究内容は知らなかったためにかなり面食らった。

「どうして鶏だけで研究所として成り立つんですか？」

「んん、そりゃあ、鶏って日本人にとってちょっと特別な鳥だからじゃない？」

特別な鳥——。

たしかに、家畜として誰もが思い浮かべるのは鶏だし、卵と言ったら第一に鶏の卵が浮かぶ。

「少し歩くよ。すぐに着くけどね」

オルニス・ホルトゥスの裏手に朱光山という小さな山があって、頂に時鶏館があるらしい。都心にこれほどの緑が残されていたことに驚かされる。まるで桃源郷のようだ。大学が創設時に広範囲の土地を買い占めたため、いまだにこの辺りの緑地帯は守られているのだ。

歩きながら、黒猫の痕跡を探してみる。が、乾いた地面に靴跡を探すのは容易なことではない。それでも、猫でもなければ通り抜けの難しそうなほど高い金網が両脇に巡らされた小道からコースアウトしたとは考えにくい。ユーターンして出てきていない以上、彼もまた時鶏館に向かって直進しているはずなのだ。

オルニス・ホルトゥスを出て歩くこと十分。目印の赤い風見鶏が見えてきた。

「ほらね、すぐ着いた」

　夏葉さんはこちらを見て笑った。ボーイッシュな髪型とあいまって少年のようになる。容姿だけ見ると、写真家よりむしろ被写体に向いているのではないか、と思ってしまう。チェックのワイシャツにデニムと、自分とそれほど変わらないファッションなのに、おのずと女性としての魅力が引き立って見えるのは羨ましいかぎりだ。しかし、これぱっかりは見習ってどうにかなるものでもない。

「基本的に時鶏館には研究者以外、鶏関連企業、それから鶏の好事家《こうずか》しか訪れないんだよ」

「企業も――来るんですか？」

「鶏って、この国では奇妙に二極化しちゃってるでしょ？　食用と観賞用」

「ああ」

　どうやら、おいしい鶏肉にするための研究も併せて行なっているらしい。美学だけでなく、さまざまな学問の中間的機関となっているのだ。こういう機関がもっといっぱいできると、研究の世界はもっと楽しくなるのに。

「でも最近はもっぱらマニアがやってくることが多いみたいね。シュイロヤケイはほかでは手に入らないから、まだ生まれてもない卵に大枚を払う人もいるそうよ」

「鶏市場みたいですね」

「まさにね。時鶏館には世界中の鶏が集められている。さっきのオルニス・ホルトゥスに一羽だけ入荷されていたシュイロヤケイもそこで生まれたんだ。ほかのどこにもない品種。そして、鶏の祖先の、祖先。じつはね——私が鶏の魅力に目覚めたのは、ここを二年前に訪れたことがきっかけなの」

彼女は遠い目になった。

そのとき、気づいた。

恋する乙女の表情が彼女の顔に浮かんでいることに。

夏葉さんは、目を閉じ、目蓋の裏に過去を思い描くようにして、二年前の記憶を語りだした。

4

当時、アフリカの動物たちの生の実態を記録した写真集で一躍注目を集めていた夏葉さんのもとに、一通の依頼書が届いた。差出人は「生物美学研究所　倉片」。

まだこの世に一羽しかいない鶏を撮影してもらいたい、というのが依頼内容だった。すぐに向かうと、倉片教授が現れ、本当の依頼人が朽羽博士であることが告げられた。

――彼は、人間嫌いで、滅多なことでは外出もせず、人にも会おうとしません。研究所の者でさえ人間と思っているのかは怪しいところです。そういうわけなので、私が代わりに説明します。

倉片教授に連れられて、彼女はまだ一羽しか存在しないというシュイロヤケイを目にした。あらゆるキジ科の鳥たちのなかでもひときわ目を引く真っ赤なボディに、夏葉さんは呼吸も忘れそうになった。

それは、これまで見てきたどんな動物よりも厳しい目をしていて、どんな動物よりも悠然としていた。まるで――神の作品のようだった。

これを生み出した人間にどうしても会いたい、と思った。

けれど倉片教授はそれを拒絶し、ただ撮影を望んだ。彼女は自分の望みを抑え、魂を込めて撮影をした。シュイロヤケイの生のすべてを凝縮させて切り取るように心がけながら。

――この鳥の撮影を許可されているのは、今のところあなただけです。朽羽博士がどうしてもほかの写真家ではダメだと仰るので。あなたは生き物のメカニズムを理解しているそうで。

――大学時代に生物学をかじっていました。中退でしたが。

なるほど、それで、と倉片教授は言った。

――シュイロヤケイは、博士にとって特別な鳥です。もちろん鶏の祖先だからということもありますが、それだけではないようです。

――それだけではない……。

倉片教授は口を滑らせたようだった、と夏葉さんは回想した。さんざん迷っていたようだが、やがて倉片教授は重たい口を開いた。

――シュイロヤケイには亡くなった奥様のあかねさんの追悼の意味も込められています。

――奥様が、いらしたんですね。

意外な気がして、夏葉さんは問い返したらしい。

――博士の恩師が無理やり組んだ見合い結婚で、結婚当日が初顔合わせだったようですから、普通の結婚とはだいぶ違って形式的なものだったと思いますが。

――でも、奥様の死を悼んで、鳥を創造するなんて、やっぱりお好きだったんじゃないでしょうか。

――命は大切にされるんですよ。失われた命は特に。

命を大切にする――そのシンプルなポリシーが、シュイロヤケイの燃えるような赤さに結実している気がした。

「不思議だったなあ」と夏葉さんはどこか夢見るような調子で言った。「家に帰って現像していたら、何度も身震いしちゃったんだよね。あんな美しい鶏はいないって。奇妙なんだけど、私はその鶏を通して創造主を見ていたような気がするの」

そして、シュイロヤケイの創造主は、彼女の写真の実力を認め、彼女以外には写真を撮らせるな、とさえ指示した男だ。

夏葉さんは、博士に会ってみたい、と強く思ったようだ。

次に訪ねたとき、倉片教授に再度そうお願いをしてみたのだが、やはりその時も、願いは叶えられなかった。

――諦めてください。たしかに彼は写真家としてのあなたの腕は評価していますが、だからと言ってあなたを一人の人間として遇することはないでしょう。

「それじゃあ、会えないままだったんですか？」

「ふふ。そこはエネルギッシュに行かないとね。あと、少しの知恵を使って」

彼女はいたずらっぽく微笑んだ。

どういう意味だろうか？

やがて、前方に白い大きな門が見えてきた。

門をくぐると、すぐに方々から鶏の鳴き声が聞こえてくる。

無機質な白い建物に隣接した鶏小舎のほうから聞こえてくるようだ。それにしても、人の姿が見えない。建物の入り口を覗き見ようとしたら――羽音が耳に飛び込んできた。

「わああああ！」

驚いて思わず声をあげてしまった。

放し飼いにされたシュイロヤケイたちがこちらへ向かって走ってきたのだ。しかし、さらに同時に向かってきた二羽がぶつかり合って喧嘩になった。片方が激しくもう片方の頭を突き、屈んだ拍子に上に飛び乗ってさらに頭を突く。見るからに痛そうだ。

「こらこらやめなさい」

すぐに齢四十ほどの男性が飛んできて二羽を引き離した。白衣に白い帽子、さらにマスクをつけ、手には手袋もしている。

「こいつら放っておくと死ぬまで突き合うのでね、まったく目が離せない」

言いながら、顔を上げ、我々の顔を確認した。

「夏葉さん、撮影は今日が最終でしたっけ？」

「そう聞いていますよ、倉片さん」

この男が倉片教授らしい。

「よろしく頼みますね」

そのとき——。

館の奥から、一羽のチャボを連れて、四十代後半と思しき白衣の男性が、帽子とマスクを着用した作業着姿の人物を引き連れて現れた。

白髪交じりの白衣の男性は、どこか日本人離れしたギリシア彫刻のような風貌と、感情のない目が印象的だった。

　この男が朽羽博士なのだろうか？

　男は——夏葉さんを見た。が、すぐに視線を外すと、自分の背後にいた作業着姿の男を示して倉片教授に話しかけた。

「倉片君、一人補塡したから明日からのシフト調整して」

　倉片教授に指示を出しているところを見ると、彼が朽羽博士で間違いなさそうだ。

「わかりました。人手が足りないから助かります」と倉片教授は顔をほころばせながら帽子をとって薄くなった頭を掻いた。

「あと、キューコーキの支度《したく》」と口早に博士。

「もう準備してあります」

「よろしい」

　大きく頷くと、朽羽博士は再び夏葉さんを見た。

　朽羽博士と夏葉さんの視線が——交差する。

　夏葉さんの頰が、赤く染まった。

「今日が最終日だ。よろしく頼む」

　淡々とした口調。感情の出ない平板な声。しかし——夏葉さんは朽羽博士と口をきいてもらえる関係にはなっているようだった。

朽羽博士はそのまま立ち去って行った。

倉片教授が朽羽博士の隣にいた助手と連れ立ってシュイロヤケイの世話に出かけてしまうと、鶏だらけの空間に、夏葉さんと二人だけになった。彼女は、カメラの支度を始めた。

黒猫はどこだろう？

きょろきょろと探していると、夏葉さんが言った。

「彼を探しているの？」

「ええ。でも、どこにもいないみたいです。あとは建物のなかとか……」

「それはどうかしらね？　そもそもあそこは認証キーがないと入れないから。でも、いいことを教えてあげる」

「いいこと？　何ですか？」

「この時鶏館には、誰にも見えない部屋が一つあるの。そこに入らないと手に入らないものもあるけれど、そこに入っているときは自分もまた見えなくなる」

「……なぞなぞですか？」

「そう。なぞなぞ。つまり、あなたの探している人がここにいるはずなのにここにいないってことは、誰にも見えない部屋に入り込んじゃったってことかもね」

頭がくらりとした。

シュイロヤケイが、鋭く鳴き声をあげた。

黄色い目が、こちらを見据えていた。

5

結局、時鶏館で黒猫を見つけることはできないまま、オルニス・ホルトゥスへ通じる一本道を引き返すことになった。

納得いかなかった。心のなかで謎を書き留める。
●黒猫はどこへ消えてしまったのか？
●オルニス・ホルトゥスから時鶏館に来たのは確かか。
●そもそも彼はなぜオルニス・ホルトゥスを訪れたのか。
オルニス・ホルトゥスから時鶏館までの経路は一本道で、途中で金網を乗り越えて逃げたとも考えにくい。

たとえば、論文提出がいやで逃げていると言うなら話はわかる。だが、そもそも黒猫はこちらが追っていることに気づいていないのだ。逃げるわけがない。

そうなると——黒猫はただ消えたことになる。

その後、夏葉さんに確認したところ、時鶏館の出入り口は一つしかないことがわかった。

三十分ほどシュイロヤケイの撮影を楽しんだ後で、お暇することにした。心細げな表情のままのこちらを見て、夏葉さんはニヤニヤと笑いながら、こう言った。

——オルニス・ホルトゥスの入り口まで戻ったら、施設の左脇に散策コースがあるから行ってみるといいよ。

——散策コース……ですか。

——そう。素敵なお寺があるの。

とは言え、このままでは唐草教授に何の報告もできない。ここまで黒猫を追い詰めていながら、「消えてしまいました」で帰るわけにはいかない。

同時にまたべつのことへの疑問も頭をもたげていた。
●排他的な朽羽博士の心に、いかにして夏葉さんは「エネルギッシュに」入ろうとしたのか？　また実際に入れたのか？
博士が彼女の写真を気に入っていたというところまでは理解できる。だが、その後のことがわからない。朽羽博士は人間嫌いであり、倉片教授の話の印象からは、彼が人に恋愛感情を抱くことはなさそうに感じた。

しかし——実際に帰りがけの朽羽博士と彼女のやりとりを見ていると、今や仄かな恋の炎が灯っているように見えてしまう。

そして、最後の彼女の台詞が余計に気にならせる。

──この時鶏館には、誰にも見えない部屋が一つあるの。そこに入らないと手に入らないものもあるけれど、そこに入っているときは自分もまた見えなくなる。

あの発言はどういう意味なんだろう？
●夏葉さんの言う「誰にも見えない部屋」とは何か。
ミステリなどでは、誰にも知られていない隠し部屋のようなものが出現することがある。時鶏館にも、そんな部屋があるのだろうか？

黒猫の行方を気にしている最中にそう言ったのは、そこに黒猫が潜んでいた、ということなんだろうか？

謎は深まるばかりだ。

秘密の部屋だけならわかる。だが、そこにいるときには自分も見えなくなる、となるともうわからない。

文字通りこれはなぞなぞだ。

オルニス・ホルトゥスを全速力で駆け抜け、言われたとおり施設口に向かって左脇にある散策コースをハァハァと息を切らしながら歩いていると、突然雨が降り出した。

七月の雨は強い。針のようにまっすぐに、地面に突き刺さる。

「君、傘は？」

その声で、背後を振り返った。

そこに——黒いスーツの男が立っていた。

「お家……」

「しょうがない。雨宿りでもしようか」

黒猫は、そう言って、斜め前方に見える寺の門を指さした。

彼はこちらを見ると、くすりと笑いながら、腕をつかんで歩き始めた。抵抗するほどの思考もはたらかず、腕を引かれるままに寺へと向かう。

看板に、「朱光寺」とあった。

頭の芯はぼんやりしていたが、それでも彼に尋ねたい気持ちは消えていなかった。

黒猫、あなたはいったいどこへ消えていたの？

6

「この寺は戦前からあって重要文化財指定もされてるから、ここと T 公園だけは大学も土地を買えなかったらしいね」

「へえ、そうなの？」

雑木林に囲まれたほの暗い境内に駆け込んでいく。本堂に入る手前の賽銭箱をよけて、庇《ひさし》のある階段に座り込んでしばらく雨が通り過ぎるのを待った。

こうして斜めに走り去る雨は、どこかしら目的をもって西へ東へと向かう旅人のようだ。

「有意義だったね、予想以上に美しい鶏だった」

黒猫がようやく口を開いた。

「え？……ということは、やっぱり黒猫クンも鶏を見に来たの？」

「何をそらぞらしいことを。ずっとあとを尾けていたくせに」

バレていたとは思わなかった。

「僕を尾行するなら、前を歩いたほうがいいね」

「前を歩いたら、尾行にならないでしょ？」

「そうでもない。しかし、時鶏館で君を見たときは驚いたな」

「……もしかして、黒猫クンもあのとき、時鶏館にいたってこと？」

「だからそう言ってるじゃないか」

「でも――」

いなかった。彼はどこにもいなかったではないか。

「いたのさ。ただ、君に見えなかっただけでね」

一緒だ。夏葉さんが言っていたことと同じ。

やはり、秘密の隠し部屋があったのだろうか？

そんなことを考えていると、突然本堂の扉が、がらりと開いた。

思わずびくりとして立ち上がる。

「あなた方、この上の時鶏館に行ってきたのですかな？」

住職が奥から現れて尋ねた。しわがれた声に似合わず、まだ外見は我が母君と同じくらいに見える。多少疲れてはいるが、意志の強い目をしていた。まるで――軍鶏のようだ。

「はい」と黒猫が答えると、住職は口元に笑みを浮かべた。

「お若いのに、物好きなことで。あそこの朽羽という男は偏屈でしょう？」

「そうですね、偏屈には違いないでしょう」

黒猫は正直すぎる返答をした。

冷や冷やしていると、住職はなぜか優しい目になった。

「昔の教え子でしてね。相変わらずのようで何よりです」

「え……すると、あなたも大学で教えていらしたのですか？」

「ええ。ほんの十年ほどです。すぐに跡を継ぐことになりまして」

それから住職は空を見上げた。

「そろそろですね。雨が上がりそうでよかった」

男の言ったとおりだった。斜めに走る旅人たちは、次の場所を目指して移動をはじめ、上空は灰色からあかね色へと変わりはじめた。

時計を見ると、もう時刻は六時を回っていた。

七月は、日の出ている時間が尾長鶏の尾のごとく長いけれど、それでも太陽は明るさを保ちつつ徐々に落下の準備を整えている。

突然、静寂が切り裂かれる。

遠くで鶏が次々と鳴き始めたのだ。

ぴんと張られた弓のような声は、どこか哀切な響きをしていた。

ふと、住職を振り返る。

彼の頬を、涙がつたった。

泣いているのだ。声をあげずに、唇を噛み締めながら。

「朽羽は――あれで存外優しい男なのですよ。自分の好きなものには深い愛情を注ぐ。一期一会というのは、あの男のためにあるような言葉です。一度触れたものは、その根の色まで受け止める」

なぜだろう、この人は朽羽博士に並々ならぬ温情を示している。これだけ近所にいる以上、それなりに関わりも深いのだろうか。

「行こう」と黒猫が言った。

住職に何が起こったのか気がかりで気後れしていると、黒猫にぐいと腕を引っ張られた。

「ちょっと……引っ張らないでよ」

「いいから」

黒猫のひんやりとした掌に引かれると、それほど力をかけられた感じはしなかったのに、すっと身体が動かされた。

寺の門から出て、もと来た道を歩く。

あかね色に染まった空が、大きく広がっている。

「今日はどうも特別な日に当たってしまったらしい」

帰り道、黒猫はそれっきり黙々と歩いた。

鴉《からす》の鳴き声に混じって、何度もシュイロヤケイの鳴き声が聞こえていた。その声は、燃えるような空の色とあいまって哀切な響きを奏で続けていた。

その音色に耳を傾けながら、思った。

特別な日とはどういう意味だろう？

「で、僕に何の用？」

仕方なく、用件を話し始める。唐草教授のこと、尾行の顛末、夏葉さんとの出会い、それから時鶏館のことに至るまで洗いざらいしゃべってしまうと、ようやく後ろ暗いスパイ活動にも終止符が打たれたような気持ちになった。

「とにかく、唐草教授のところにちゃんと顔を出してね。私の立場がなくなっちゃう」

「どうせそんな大した立場じゃないだろ？」

「な……何ですって！」

「いいよ。今のうちに僕のほうから教授にはメールしておく。何しろ、とても大きな収穫があったんだからね。これは報告しなくては」

いったい、黒猫はあそこで何をしていたのだろう？

そして、なぜ消えてしまったのだろう？

目の前の黒衣の美学者は、不敵な笑みを浮かべながら携帯電話をいじり始めた。

7

カフェテラスに戻ってきたのは七時前だった。

「さて、スパイ君」黒猫はぐんと伸びをしてから、脚を組み替えていたずらっぽい笑みをつくった。

「まず、はじめに僕がなぜオルニス・ホルトゥスや時鶏館を訪れたのか、その理由を話さなくてはならないだろうね」

「そうだよ。しかも、携帯電話にも出ないなんて」

「じつは——唐草教授に頼まれている論文のためなんだ」

「論文のために、鶏を見るの？」

「複製に関する論文だったんだ。複製芸術の美的可能性を探る」

「それと鶏にどういう関係が……」

「品種改良というのは一種の複製の鋳型《いがた》を作るようなものだ。考え方は版画と同じだよね。江戸時代、観賞に堪えうる鶏を作ろうと庶民たちは競い合った。品種や名前も今の比じゃないほど数限りなくあったんだ。ちょっとしたブームさ。伊藤若冲が鶏を好んで描いたのも、庶民間における鶏文化の浸透があったからだ」

「ふうん」

「複製と美学の関係が問題視されるようになったのは十九世紀に入ってから。石版印刷の発明からさらに写真の発明、末期にはついに映画まで生まれた。さらに二十世紀になるとテレビが登場し、二十一世紀に入って今度は電子レベルの複製が急速に進行しはじめると、体験の変化する速度は加速していった」

「体験の変化って、どういうこと？」

体験は自分の感じ方であり、時代の技術的なことが体験に作用するなんてことはあり得ないのではないだろうか？

不審げな顔をするこちらに対し、黒猫は小さく頷いてみせる。

「たとえば、今だったら美術館に行かなくてもネットを閲覧すればピカソの絵が見られる、といった具合だ。好事家でなければ、いまの時代は芸術にお金を払わない。これって複製技術が意識を変化させたってことじゃないかな」

「複製が芸術を堕落させているってこと？」

「違う。逆だね。複製は大衆の意識から所有価値の契機を奪い去ろうとしているんだ。大衆の目にさらすことが商売にならなくなれば、迎合する必要がなくなる。かえって芸術は今後先鋭化していって消費芸術とそれ以外の二極化が激しくなるだろう。

その意味で、植物や動物の品種改良の歴史も面白いんだ。複製技術と人間の意識の変容がわかるからね。今回、僕が品種改良のなかから特に取り上げたかったのが鶏だったんだよ」

「どうして、鶏なの？」

「江戸中期以降までは食用ではなかった。その後、食用として量産されるようになってからは、一部の観賞用の品種に関しては数は減っていった。食物としての鶏の価値が一般に流布して、鶏を観賞して愉しむ人口が減っていったんだ。消費用の鶏と観賞用とに分けられたポイントは、味としての適性のほかに、声や容姿が人間の美意識にどれくらい訴えてくるかも関わっていただろう」

「まあ……そうなのかな」

「同じようなことは複製芸術のなかにも起こってくるだろうと思う。これまではなかった

〈芸術を消費する〉という概念がいまの時代にはある。だから、じつは表立っては言われていないだけで、芸術のなかにも消費芸術と非消費芸術とが出始めていて、消費芸術は価値もある程度のレベルで一定化する気がするんだよね。そうでないと採算が合わないから」

「なるほど」

「一方で、非消費芸術のほうは、やっぱりつねに上を目指していなくてはならない。そして美を追求するほどに価値も高まるだろう」

「それは、大衆芸術と純粋芸術の違いみたいなもの？」

「どうかな。大衆芸術のなかにも非消費芸術はあるはずだし、純粋芸術のなかにも消費芸術はあると思う」

「むずかしいね」

「そう。我々はまだ途上にいるから未来の話はわからないことだらけだ。すべてむなしい仮定でしかない。ただ、一見すると、芸術家にとってはありがたくない時代が、芸術自体にとっては素晴らしい時代かもしれないんだって思うと、そう悲観視する必要もないのかなって思うね。

それに、これまで芸術が保持していた体験や所有の価値——たとえば、オルセー美術館で絵を見るとか、豪華本を買って読む、とか——も、煎じ詰めれば宗教の世界における偶像崇拝に近い。そういった価値の契機から切り離されたところで、今の時代に芸術が有用性をもつにはどうすればいいのかを考えていくことが重要だ」

「うう……頭が……」

「まあそう考え込まなくてもいいよ。男女の出会いと変わらない。恋に落ちる男女がいるかぎり、芸術と鑑賞者の衝撃的な出会いも、存在する」

「なんだ、最初からそう言ってくれればいいのに」

「そこだけ言ったらわけがわからないだろう」

それから黒猫は一度席を離れ、学食のチーズケーキを手にして戻ってきた。学食にパフェがあれば、真っ先にパフェを注文したのだろうが、あいにく学食にあるのは、四種類のケーキだけなのだ。

「この学科は女子率が高いわりに学食に注文を出すほどの甘党はいないらしいね」

「そこまでの熱意はないんじゃない？」

嘆かわしい、と言いながらチーズケーキの先端にフォークを刺す。

「それじゃあ解体の時間だ。写真家、涼村夏葉はいかにして誰も入り込めないはずの博士の心を盗み出したのか」

8

「ちょっと待って」

話しだそうとする黒猫を手で制する。

自分の失踪のことはさておいて、他人の話の謎に興味を持っているようだが、そうはいかない。今日ばかりはこちらが主導権を握らなければ。

「順序が違うでしょ？　まず黒猫クンの失踪について教えてちょうだい。あなたのせいで今日の午後が丸つぶれになったんだから！」

「それは唐草教授に言えよ。僕のせいじゃない」

なんという言い草。追撃を試みようとしていると、黒猫は「まあいいや」と言った。

「いいよ。それじゃあ、そうしよう。というか——二つの答えは、たぶん同じなんだ」

「……どういう意味？」

同じなわけがない。夏葉さんが博士の心にいかに入り込んだのかは、非常にソフトな謎であり、対してなぜ黒猫が消えたのかは、動かしがたい現前的な、ハードな謎ではないか。

「ではこう言い換えようか。時鶏館で僕が消失したと君が思っている理由は、同時に君が杤羽博士の心への侵入が不可能だと思っている理由と同じだ、と」

「……ますますわからない」

黒猫は笑い出した。

「それなら、僕の流儀で進めさせてもらうよ」

結局、手綱を奪われることになった。

「朽羽博士は亡くなった奥方にしても、恋愛をしてから結婚したわけではなかったんだよね？　それに、彼をもっとも身近に知っている倉片さんが、彼は人間嫌いだと宣言している」

「ええ」

「たとえるなら、どこにも入り口のない密室だ」

どこにも入り口のない密室――。

その言葉を聞いたとき、頭のなかで何かがつながるような気がした。

あっ。

そうだ、あのなぞなぞ。

誰にも見えない部屋。

密室。

目をつぶる。

ダメだ。もう少しなのに、何かがつながりかけては、離れていく。結局、それがどういうことなのかがわからない。

黒猫は学食のチーズケーキを口に運びながら続けた。

「ところで、ポオの密室ものと言えば――『モルグ街の殺人』もだけど、僕は先に『赤死病の仮面』が浮かぶね」

「え？　そ、そんな話だっけ？」

伝染病の恐怖を伝えるホラー小説として、その妙味を愉しむものと心得ていたのだが、黒猫はどうもまるで違う見解を持っているようだ。

「あれは密室にいる人間の命をいかに奪うかって話だろ？」

「だろ？」と言われても、そんなふうに「赤死病の仮面」を読み解いたことはない。

「赤死病が国中に蔓延するなか、プロスペロ公は広い敷地に所有する大伽藍の一つに健康な人々を集めて閉じこもる。高い塀に囲まれているから、外からの侵入は難しい。そして、出入り口である鉄の門には、炉と大きな槌《つち》を持ち出して閂《かんぬき》をうち止めた。もうこれで完全な密室だ」

「ううむ。そう考えると、あの話はプロスペロ公の作り上げた密室からいかにして赤死病が彼の魂を奪うかという話にも読めるのね」

「そう。それで、赤死病が侵入のために選んだ日は？」

「仮装舞踏会の日」

「そういうこと。あらゆる人々がグロテスクな身なりをさせられているなかに、赤死病は紛れ込む。このとき、人々はいわばグロテスクの価値において並列な存在になっている。言ってみれば、グロテスクの複製品だ」

「グロテスクの複製品……？」

「プロスペロ公の敷地内には千人以上の人々が集められている。それだけの数の人間が個々にグロテスクな身なりをするのは、グロテスクの概念自体が際限なく複製されていることを意味する」

「ただの個性じゃないの？」

「たしかに千人いれば千通りの個性的仮装がある。が、みなそれがプロスペロ公のお眼鏡にかなわねばならないって基準のもとに、グロテスクを個々に複製していくことになる。その結果、グロテスクの概念は消費されていく」

「どうしてそこに消費が出てくるの？　だいたい概念が消費なんて……」

「複製の目的が、とどのつまり消費なんだ。バイオテクノロジーであれ、写真技術であれ、複製はつねに消費と隣接している。このように読んでいくと、『赤死病の仮面』は、十九世紀末における写真や映画の登場を予見する黙示録とも言えるんだ。

　複製の結果として、グロテスクが消費されてゆく。しかし、複製のなかに紛れ込みながら圧倒的存在感をもっているものがある。それが――顕現化した赤死病だ」

　背筋が寒くなる。汗ばむ季節のはずなのに、アイスカフェラテより温かい珈琲が飲みたくなってしまった。

まだ明るい夏の宵口に、黒猫は深い闇を開いてみせる。

「単なる恐怖小説ではないよ。これは複製時代における芸術の可能性を端的に示してみせた傑作なんだ」

「そんな見方、考えたこともなかった……」

「本物は複製のなかにあっても、価値を消費されることはない。だから、絶対的にグロテスクであり、死そのものであるところの赤死病は、存在感ゆえにプロスペロ公を引き寄せ──ついに彼の魂を捕える」

「複製のなかから本物を見つけ出したってことね」

「そう。複製が芸術を磨耗させるという考え方はある。しかし、一方で本物は磨耗などしない。たとえば、僕は女性写真家であるジェルメーヌ・クルルの写真が好きだ。彼女の写真を入手するのはポストカードサイズなら難しくはあるまい。でも、彼女の写真の中にある構図が消費されることはない。人体でも機械でも内部のメカニズムを透視するような冷徹な彼女の眼差しは、時代を超えてなお独自性を保持し、真の芸術足りえているんだよ。

それから、たとえば僕たちは鶏を見たね。僕らが見た鶏以外にも、江戸時代にはもっと盛んにさまざまな鶏が作られていた時期もある。でも、結果残った品種は数えるほどしかない。それらは時代を超えても価値が磨耗されなかったってことだろう」

「本物の芸術は、観るものを捕える。プロスペロ公がされたように」

「そのとおり。君もたまにはいいことを言う」

「たまには？」

黒猫はそこで片手を当てながら、大きく欠伸《あくび》をする。

ちょうど、AV教室から講義を終えた夜間部の学生たちが降りてくる。AV教室は、食堂の上にあるので、いつもAV教室で講義があった後はカフェテラスは人で溢れかえることになる。

プロスペロ公の大伽藍さながらだ。

ガラスの天井の上には、うっすらと星が見え始めている。

人々の洪水のなかで、黒いスーツに身を包んだ男は言葉を紡ぐ。

「本当の恋もまた、概念を複製した仮面のなかに紛れて人の心を捕える」

「どういうこと？」

「最初の命題さ。写真家、涼村夏葉は、いかにして朽羽博士の心という密室へ侵入したのか」

「概念の複製のなかに紛れたって言うの？」

「そうだよ。そして——恐らく今日君が僕を見つけられなかったのも、同様の理由によるんだ」

ことなげに言われても、どういう意味なのか判然としない。眉間に皺を寄せていると、皺の部分に人差し指と中指を突きつけられた。

「チャクラ」

皺を開かれた。

「な、何をする」

「君、ときどき面白い顔になるよね」

「むっ」

「難しく考えることはないよ。要するに、時鶏館においては美しい鶏こそが絶対の価値をもつ」

「まさか——鶏に化けたって言うんじゃないよね？」

「近いな」

「え？　ち、近いの？」

「彼女が恋した男は鶏のことしか頭にない男だ。そんな男のファインダの片隅にでも納まるには、どうすればいいのか」

黒猫はこちらを弄ぶようにそこで黙った。

「それには、ある方法を用いなければならないんだ。具体的で、アクチュアリティなその方法は、僕の消失トリックでもある」

なぜ無関係な二つの事象が、同時にわかったりするのだろう?

そもそも、心の密室に侵入するのと、時鶏館から消失するのとでは、ベクトルさえも——

——。

そうじゃないのか……。

見えた、ような気がした。

そうだ。

——そこに入っているときは自分もまた見えなくなる。

逆に言えば、見えなくなれば入れるし、入っている間は見えない。

ある方法を使えば。

「簡単なことさ」と黒猫は言った。「鶏のそばにいればいい。でも、ただいても駄目だ。観覧者では、いくらそばにいてもファインダには入ってこない。鶏の隣接記号にならないとね」

「隣接記号……」

今日の時鶏館での出来事を一から順に思い返す。

倉片教授が出てきて、夏葉さんとしゃべっている光景。

それから、朽羽博士の登場。

ん?　いま一瞬。

ああ。

あの背後の——。

「つまり、黒猫クンは今日、作業員の制服を着ていたのね？」

決まりきったことだ。制服を着た人間の顔は、記号的に捉えてしまって個々の顔をよく見ようとしなくなってしまう。ましてや、顔は帽子とマスクで覆われていた。

「そういうこと。僕は今日から一週間、時鶏館で臨時アルバイトをすることになった。だから入館してからは作業着を着ていた。たぶん夏葉さんも、僕と同じように一度研究員のバイトをしたんじゃないかな」

「どうしてそう思うの？」

「鳥類は生まれてきて最初に世話をしてくれた人間を親だと思い込む。アルバイトになって、飼育されている鶏の親になれば、朽羽博士の興味対象の隣接記号に収まることができる。」

彼はもともと女性にまったく興味がないわけではないんだと思う。ただ、写真家、涼村夏葉のままでは密室に入れない。だから、いったん写真家という名札を外すしかない。ごく自然な解答じゃないか。覚えてない？　今日、朽羽博士が、『倉片君、一人補塡したから明日からのシフト調整して』って言ったろ？」

「ああ……うん、言ってた」

　黒猫の唇が、ゆっくりと開く。まるで、呪文でも口にするように。

「あれ、僕だったんだよ。今日はアルバイト初日だったから見習いでね。だから早く帰してもらえた」

　カフェテラスのなかを、一羽の鳩が飛び歩く。

　オルニス・ホルトゥスの体験が強烈だったせいか、騒音の中にあってその羽音だけが鼓膜を刺激する。

「今日は、朽羽博士の亡くなった奥さんの命日だった」

「えっ……そうだったの？」

「ほら、時鶏館で朽羽博士が言ったろ？　『キューコーキの支度』って」

「ああ……あれ、研究用語か何かかと思ってた」

「とんでもない。休広忌というのは、要するに七回忌のことさ」

　場所が場所なだけに当然のように学術用語と考えてしまった。これもまた見えない部屋に入ってしまったからだろう。

「帰りに、僕らは朱光寺に寄ったね？」

「ええ」

「夕方六時過ぎに、鶏が一斉に鳴いた。あれは、奥さんを追悼する儀式だったんじゃないかな。鶏を鳴かすこと自体は、指を鳴らすとかそういった合図でできるらしいから、それほど難しいことではない」

「なぜ鶏が鳴くのが追悼になるの？」

「それは、あの鶏が奥さんと密接にリンクしているからさ。あれはたしかに追悼だったんだと思う。ほら、覚えていないかな、住職が帰りがけに泣いていたのを」

「それがいったい……」言いかけてハッと息を呑む。「まさか！」

黒猫が人差し指を立てた。

「そう、あの寺は、恐らくは朽羽博士の亡くなった夫人のご実家なんだ。あのとき、住職はこう言ったよね。『あれで存外優しい男なのですよ。自分の好きなものには深い愛情を注ぐ』。彼がそんなことを知っているのは、じつの娘に対する態度を知っていたからだ。それに、そのあと――『一期一会というのは、あの男のためにあるような言葉です。一度触れたものは、その根の色まで受け止める』と言った。

一見、ただ朽羽博士の人格を説明しただけのようだが、そうではない。根まで掘り進めてその色を受け止めるってことは、根に色がついているわけだろ？」

「うん……でも、それが何なの？」

彼が何を言おうとしているのかがわからなかった。そもそも、あの住職の娘が亡くなった奥さんだとの確証はどこから来るのか。訝っているこちらを眺めながら、黒猫は続ける。

「朽羽博士の死んだ奥さんの名前はあかねだったね、たしか」

「うん……」

黒猫が人差し指をピンと立てた。

「あかねという植物は、根の部分が赤いことからこう呼ばれるようになった。あのとき、住職は親よりも先に逝った娘のことを思い浮かべていたんだろう。だからこそ、鶏の声を聴いての涙につながる。娘が亡くなった時間を告げる鶏の声にね」

「……あの鳴き声にそんな意味があったなんて……」

それを聞いて、思い出した。

夏葉さんが、朽羽博士は恩師に言われて見合い結婚をした、と言っていたことを。そして、あの住職は朽羽博士を「教え子」と言っていた。黒猫より自分のほうが情報を多く握っていたのに、と思うと少し悔しい気もした。

「シュイロヤケイ自体が、彼女の死と前後して作られたんだ。彼はその鶏をあかねさんと共に過ごした年月の証にしようとした。ほら、あかし――朱い死の鶏。二人の愛の証であるシュイロヤケイが、あの夕刻に鳴くことは、とても重要な儀式だったに違いない」

先ほど見た美しい夕焼けが心に広がった。

本物の愛――人間嫌いと思われている男に、かつてそんな満ち足りたひとときがあったのだ。

「それじゃあ、夏葉さんの想いはどうなるの？」

「夏葉さんは心に入り込めたと思う。朽羽博士も彼女を愛し始めてもいるだろう。だが――あかねさんは今後も博士の心に居座っている。だからこそ、夏葉さんは、依頼どおり一羽のシュイロヤケイの成長を撮り溜めてフィルムに収めていたんだ。彼女はね、朽羽博士とあかねさんがともに歩んだ時間を丹念に切り取ってフィルムに収めていたんだよ」

好きになった男性と亡き妻の愛の結晶を撮る。それは、わずかな胸の痛みを伴う作業であるはずだ。それでも、夏葉さんはカメラを離さずにシャッターを切り続けた。

「フィルムは複製できる。しかし、そのなかに宿るものは――」

「複製できない」

「そういうこと。そうして、あかねさんと博士の歩んだ時間を受け止めて、初めて夏葉さんと博士の恋が一歩を踏み出すことも許されるんじゃないだろうか」

亡くなった奥さんを大事に想う気持ち。そして、そんな朽羽博士の気持ちを受け止める夏葉さん。二人とも、自分なんかでは真似できないくらい大人で、かっこいい。

「〈一つの恋が終わって新しい恋が始まる〉なんて、青臭い恋愛遊戯を愉しんでいる奴らの戯言にすぎない。本物の恋は、終わったりしないんだ。だから、新しい恋を始めるなら、一つ前の恋をただ受け止めるしかないし、次の恋がまた本物ならそれができるんだよ」

そういうものだろうか。

自分にはまだわからなかった。黒猫は——わかるのだろうか？

自分と同い年なのに、どうして自分とこうも違うのだろう？

どこまでも悟りきったような顔をして、夏の日差しのなかでも黒いスーツを着こんでいて汗一つかいていない。

まだまだ知らない黒猫がいっぱいいる。少しずつだけれど、黒猫に興味を抱き始めている自分がいた。

それから、夏葉さんのことを考えた。

微かなタイミングの違いで消えてしまう恋の火だから、どうかそっと赤く色づいてほしいと願わずにはいられない。

できる。夏葉さんには、きっとそれができる。

「よし、じゃあスパイ君、ごはんを食べに行こうか」

「……焼き鳥以外なら何でもいいよ」

敵国に捕まったスパイは、相手の命令に従って、立ち上がった彼の後に続いた。カフェテラス・エリアの囲いに設えられたドアを開いてキャンパスのスロープに出ると、夕闇から無数の蝉の声が聞こえてきた。

夏が、深まってきたのだ。

夏葉さんの写真集を大学キャンパスの書店で見つけたのは、軽井沢での奇妙な事件を経て、げっそりと疲れ切っていた九月のことだ。

写真集は、書店に入ってすぐの新刊コーナーに大きく飾られていた。

真っ赤な鶏のアップに、思わず息を呑む。

燃えるような肢体と、きりっとした黄色の目。

夏葉さんのカメラは、その一羽がこの世に生を受け、世界を認知する頃からを冷徹に、そして丹念に追っていた。

そこに、彼女の愛があった。

そこらじゅうに氾濫する愛のなかにあって、決して複製されえぬただ一つの赤い想いが。

第四話

追憶と追尾

■ウィリアム・ウィルソン

William Wilson,1839

ウィリアム・ウィルソンと名乗る語り手が（あくまで本名ではない）、近年おきた我が人生の急転直下の原因を明らかにすることがこの文章の目的である、と説明するところから物語が始まる。

語り手は想像力に溢れ、興奮しやすい気質を受け継ぐ一族に生まれた。その気質ゆえに両親すら彼を矯正することができず、学校でも傲岸不遜な振る舞いをしていた。

そんな語り手は、学校で同じウィリアム・ウィルソンという名前を持つ人物に出会う。生年月日も同じで同姓同名、容姿も似ており、語り手と兄弟ではないかと噂が立つほどだった彼は、語り手にとって唯一思うがままにならない人物でもあった。

いつしか語り手は彼の監視下のような状態におかれ、もう一人のウィリアム・ウィルソンを憎悪するようになり……。ドッペルゲンガーを扱った怪奇譚ともいえる短篇。

1

　幼い頃、祖母の家に行くと、いつもきまって栗鹿《くりか》の子《こ》という和菓子を出された。小学生の頃は遠目に「悪魔の子」と読めて、何やら勝手に恐ろしいお菓子と勘違いしていたものだ。丸い形状だから悪魔の卵でも連想していたのかもしれない。

　その場合、恐ろしいのは悪魔の卵がそこにある事実なのか、それともそれをお菓子と称して喜んで食べている人間のほうなのか。いまとなっては、自分がどっちに恐れを抱いていたのかわからない。

　けれど、小さい頃は祖母の優しさと「悪魔の子」のギャップが強烈だった。

　――おばあちゃんのところに「栗鹿の子」を持っていってくれる？

　今朝、母にそう言われたとき、しぜんとそんな記憶を思い出した。記憶と言葉は結びついている。だから日常的に聞く言葉でなければ、滅多に記憶の扉が開かれることもないのだが、そのくせに少しも埃をかぶっている気配がないのは不思議だ。

祖母が自ら寿香苑《じゅこうえん》への入居を決めたのは、七年前のことだ。「餅は餅屋」との祖母特有の割り切った考えによるものだったが、我が母は一緒に住もうと画策していたようである。かつては、母がシングルマザーになる決断をしたことで絶縁に近い状態だった時期もあったが、月日が二人の関係を修復して以降は、つかず離れずでそれなりに良好な付き合いを保ってきた。しかし、それでも祖母は最後まで同居の提案には首を縦に振らなかった。

――あなたには仕事があるし、それに、これまで研究一途だった人が年寄りの扱いを知っているとは思えないわね。私はあなたの母親だけれど、老いを知るエキスパートがいるなら、その方たちのお世話になったほうがいいわ。

根っからの理系で六十までは医療機器開発の会社で働いていただけあり、考え方は娘のほうがついていけないほどクールだった。

――言い出すと聞かないからね、あの人。

ホーム入居手続きの用紙を書きながら、母はそう言った。その表情には、微妙な寂しさも見え隠れしていた。自分で世話をしたかったのだろう。

以来、週に一度必ず、母は寿香苑を訪れるようになった。高校卒業までは、月に一、二度は同行していたのだが、大学の勉強が忙しくなると「あなたはたまにでいいよ」と言われた。

今日みたいに一人で向かうのは、初めてのことだった。

——日をずらして行ってもいいんだけど、和菓子は日もちがしないからねえ。それに、たまにはあなたとゆっくり話したいかもよ？

祖母のことは好きだった。ただ、優しいけれどてきぱきしていて、子供心に近寄りがたいオーラも感じていた。

二人きりで話した経験など数えるほどしかないから、わずかに緊張してきた。寿香苑は所無《ところなし》から東京方面へ上る途中に位置する東久留米駅の近くだ。一見閑静な住宅街に見えるが、少し脇に入ると景色が一変する。豊かな緑がそこかしこに残されており、小さな川を越えて少し進むと、もう別天地だ。神社の前をとおって竹林公園という一風変わった公園の辺りまで来ると、人気もなくなり、自然のなかに民家があると言ったほうが近い。

さらに五分ほど歩くと、目的の寿香苑が見えてきた。真珠色をした低層の建物が寝そべるように横に長く広がっている。どこかしら天平時代の貴族の寝殿のような印象を受ける。ゲートを潜ると、周辺の町並みとの調和を図るように苑内にも緑道があり、四季折々の植物群が舗装を賑わせている。

その先にゆったりととられた芝生のコーナーがあり、水色の制服を着た職員の押す車椅子に乗った高齢者たちの姿があった。日光浴をしながら、耳元で話をしてくれる職員たちとのおしゃべりを楽しんでいるようだ。

職員の男性が、こちらに気づいて会釈する。新しく入ったのか、初めて見る顔だ。風に溶けるようにさらりとした栗色の髪と水彩画のように淡い顔立ちが印象的だった。

「面会に来られた方ですか？」

「はい、祖母に会いに来まして」

祖母の名を告げると、彼は「ああ」と呟いた。恥ずかしがり屋なのか、視線を終始こちらの顔よりわずかに下に落としている。

「こちらへどうぞ。歩いていらっしゃったんですね」

それから、車椅子の高齢者の男性に「セイイチさん、一度、お部屋に戻ります」と、ゆっくり大きな声で伝える。

セイイチと呼ばれた高齢者は、ろくに返事もせず、その代わりこちらをじろりと睨んで無言でそっぽを向いた。これだけたくさんの高齢者が一堂に会していれば、性格もさまざまだろう。彼は気難しいタイプのようだった。

気にせずに男性職員のあとをついていくことにした。

祖母がいたのは、レクリエーション室と呼ばれる広い空間だった。彼女はそこで指の体操をしている最中だった。右と左でべつべつの動きをする遊び。一見、ただ遊んでいるように見えるが、それが脳を活性化させているのだと以前母が教えてくれた。

祖母が気配を感じたらしく、振り返ってこちらに手を上げた。

「あら、一人で来たの？」

「うん、お母さん仕事で来られなくって」

「忙しいときは一週間くらい飛ばしてくれて構わないのに。律儀な子ねえ」

彼女は杖も使わずにきりっと背筋を伸ばしてこちらへやってくる。

「マコトさん、案内してくれてありがとう」

祖母は深々と頭を下げる。

「お茶をお持ちしますので、あちらの閑談スペースへどうぞ」

彼が示したのは、レクリエーション室の一角にある和室のコーナーだった。礼を言って二人でその場所へ移動する。

祖母はまじまじとこちらを見て言う。

「あなた、最近若い頃の私に似てきたわね」

「え……そう？」

「ええ。すごく美人よ」

祖母はいたずらっぽく微笑む。

卓袱台《ちゃぶだい》を囲んで一息つく。今日の祖母は浅黄色のワイシャツの上からモスグリーンのカーディガンを羽織っている。

お土産にもってきた栗鹿の子を二人で食べる。祖母は「これを食べると秋がきたって感じるわねえ」と満足げだ。

ひとしきり母の小さい頃のやんちゃぶりなどを披露されて笑い合ったあと、祖母は引き出しから大事なものを取り出すような口調でこう言った。

「最近ね、暇にまかせて自分史をつけているの」

「自分史を？」

「ええ。そうすると、不思議なのよ、自分では忘れていたと思っていたことを文字が記憶していたりするの。たとえば、ある人や場所の名前を記すでしょ？　そうすると、その人や場所にまつわる記憶が開いて、もうずっと忘れ去っていたことが昨日のことみたいに思い出せたりするの」

「へえ……いいなあ、私もやってみよっかな」

「あなたはまだ若いんだからそんなことしなくていいわよ」

祖母はおかしそうに笑った。そうして笑うと、母と似ている。話し方や性格もそうだけれど、やっぱり親子なんだな、と思う。

母の口癖が自分にうつったと思っていたもののなかには、じつは母が祖母にうつされた口癖もあったり、さらに祖母が曾祖母にうつされたものもあったりするのだろう。

そんなふうに考えていくと、ひとりの人間のなかにはさまざまな記憶が集約されていると感じる。

「そう、それでね、いまちょうど二十代の頃のことを書いていて、そうしたら蓋の部分に小鳥がついているオルゴールが急に懐かしくなってね」

「小鳥が？」

「ここに来る前に、もう用がないものはあなたのお母さんに預けたんだけど、今度来るときにでも持ってきてって伝えてくれる？」

「私、また持ってくるよ」

「いいわよ、忙しいんだから」

「ううん、また来る」

久々に祖母としゃべったせいなのか、それとも自分が前より成長したからなのか、彼女といる時間がとても楽しいものに感じられた。

帰りがけになって、レクリエーション室にさっきの車椅子の老人が女性職員に付き添われて現れた。セイイチと呼ばれていたその男性は、つけっぱなしのテレビに見入っているようだった。

こちらの視線に気づいて、祖母は一度後ろを振り返って彼の姿を確認した。

「人生って奇妙なものね。不毛な偶然が山ほどあるんだから」

「不毛……どういう意味？」

すると、彼女は小声で耳打ちした。

「あそこにいる男の人ね、大昔、私のストーカーだったのよ」

「え！」

二重の驚きだった。祖母がストーカーと同じ介護施設に入居している驚きと、祖母の口から「ストーカー」なる比較的歴史の浅い言葉が飛び出したことへの驚き。こちらの反応を見て、祖母はくすりと笑う。

「もちろんその頃にはストーカーなんて言葉はなかったけどね。怖かったわ、私が会社を出たところから帰宅するまで、いっつも見ているんだもの」

「それは――怖いね……」

「私の部屋は二階にあったんだけれど、かなり高い垣根越しに彼の顔が覗いていたときは、もう驚いたものよ」

「垣根越しに？」

「ええ。でも、気づかないふりをしていたら、そのうち現れなくなったわね。私もすぐに嫁いで家を出たから」

「でも――もしかして、このホームにいるのも……」

ぞわりとした。何十年もずっと尾けられているのだとしたら、恐ろしい。

「ウフフ、やあね、あり得ないわ。それに、あの人、認知症がすすんでいるみたいなの」

「認知症……」

「物忘れが激しいばかりではなくてね、時々時間感覚が混濁して、いろんな時代を生きているようなの。顔の雰囲気があまり変わっていなかったからすぐに彼だってわかって、思い切って話しかけてみたら、私のことはまるで覚えていなかったわね」

祖母は笑った。

「それからの人生は波瀾万丈だったみたい」

祖母は、職員が親族から聞いたという彼の半生を、又聞きで聞いていた。その情報によれば、セイイチという男性は、二十代前半まで戦争に駆り出されていた。満州で敗戦を知り、帰国後は知人のツテで紡績工場に勤めた。祖母を尾け回していたのはその頃である。

ところが、二十代半ばに足を怪我して辞めることになった。以来、彼は鬱々と一人部屋に籠る日々が続いた。出歩けないなかで、彼の心を救ったのは彫塑《ちょうそ》だった。師を持たず、独学で粘土から形を生成することを生業《なりわい》とするようになったのだ。芸術の賞には相次いで落選したが、それでも土産物屋で売っているような小さな置物を量産することでどうにか生計を立て続けた。

三十代の終わり頃に見合い結婚をしたが、あまりいい縁談ではなかった。家柄も性格も合わず、すぐに離縁している。妻が子供を連れて出て行くと、彼はまた一人暮らしに戻った。

四十頃から仕事が途絶えがちになった。土産物屋で売るような工芸品は機械生産が中心となっていた。芸術家としては生きていけず、工芸品の世界でも生きていく道はどんどん狭められつつあった。もともとあまり愛想のいいほうでもないうえに、足の怪我もあって、営業に出歩くこともできなかった。

五十代に入ってからは彼は生計をたてる手段もなくなり、公的扶助を受けて暮らすようになった。貧窮をきわめていた彼を、離れて暮らしていた息子が発見して同居を始め、五年前にここへやってきたのだ。

「お気の毒に、入居の直後に息子さんはすぐに他界されたらしくてね、今では誰も面会に来ないのよ」

祖母は、心底気の毒がっているようだった。

「おばあちゃん、かつてのストーカーに対しても優しいんだね」

「この年になるとね、これだけの年月を生きてきたってだけで、ちょっとした敬意みたいなものを払いたくなるものよ」

「ふうん。でも、それなら、おばあちゃんもすごいじゃない？」

「そうよ、私すごいのよ」微笑む祖母は、まるで少女のようだった。「大変な時代だったんだから」

しみじみとそう言って遠くを見る彼女には、自分という歴史絵巻が広がっているようだった。

視線を——。

感じた。

セイイチさんが、こちらに視線を向けていた。

本当に、祖母を覚えていないのだろうか？

脳裏に恐ろしい仮説が浮かんでくる。じつはセイイチさんは、認知症ではなく、いまもなお祖母のことを想っているのではないか。だからこそこの寿香苑に入居してきたのではないか。

セイイチさんの瞳はどんよりと、ほの暗いオーラを放っていた。

2

「認知症は国で定められた厳正な基準があるからね。だますことはできないと思うよ」

菜箸で鍋をつつき、火力を調節しながら黒猫は言った。

寿香苑での出来事を黒猫に伝えたうえで、認知症だと偽っているのではという推測を話したのだ。

「……でも、たとえば認知症の判断基準を知っていれば、それを演じきることはできるんじゃない？」

「なるほどね。執念のなせる業《わざ》、か」

黒猫は下唇をとんとんと指先で叩いた。この日の黒猫は白いTシャツに黒のジャージと、完全な部屋着スタイル。

阿佐ヶ谷にある黒猫のアパートは本のほかには必要最低限の服しかないようだ。彼が台所で料理しているのを尻目に、そこらじゅうに散らばっている本を片付けようとしていたら、黒猫に止められた。

「僕の思考が乱れるからやめてくれ」

「思考と散らばった本にどんな関係が……」

「散らばってはいないよ。他人に説明するのは馬鹿らしいけど、有機的な配列なんだよ」

彼は椎茸と竹の子の煮物と湯豆腐を同時並行で火にかける。炊飯器がピーッと鳴る。炊きたての米の香りが室内にふわりと広がった。

黒猫が料理をするタイプだとは思わなかった。そう言えば、先々月ゼミ仲間と軽井沢合宿をした後に、初めて訪れたときにも冷やし素麺をご馳走になった。

「んん、いい匂い……」

「君ってもしかしてごはん時を狙ってるの？」

「ま……まさか！　だだだだって、無関係な異性の家にあまり遅い時間に行くのはおかしいでしょ？」

「へえ、無関係ねえ。夕飯時だってあまりよろしくはないよ」

「む……」

二の句が継げない。一度お邪魔したことから、何となく黒猫の家に一人で行くことに抵抗を感じなくなっている自分がいた。その無意識を指摘された気がしたのだ。

「で？　まさか認知症の知識を尋ねに僕の家に上がりこんできたわけじゃないだろ？」

食べ物の香りに、思わず来訪目的を忘れかけていた。本当は大学の帰りに歩きながらと思っていたのに、セイイチさんの話をしているうちに黒猫の家にたどり着いてしまったのだ。

「ああ……そうだった。黒猫、手先は器用？」

「考え方によるね。スイッチを入れても動かないミニカーを作れるくらいには器用だよ」

「不器用ってことね？」

「だから考え方によるんだってば。少しなら手品もできるし、絵もそれなりにはうまく描く。でもセーターは編めない」

思わず笑ってしまった。

それから、鞄から小さなオルゴールを取り出す。金色の直方体をしたオルゴール。先日、祖母に会ってから、家に戻って母にオルゴールの件を伝えると、「これかな」と言って彼女が持ってきたのが、この金色のオルゴールだ。しかし、小鳥も何も見当たらない。怪しんでいると、「ここから小鳥が出てくるのよ」と箱の上面を指して教えてくれた。

「これ、直せないよね？」

黒猫は菜箸を置いて、すっと手を差し出し、オルゴールを受け取った。それから、しばらく吟味するように見つめた。

「というか、壊れてないよ」

「え？　だ、だって、ぜんまい回しても小鳥、出てこないよ、音も出ないし……」

黒猫はいったん火を止めると、楽しげな顔でオルゴールを見ながら卓袱台の前に腰を降ろした。

「だいぶ古いね。いつ頃のだろう？」

「おばあちゃんが二十歳頃のものって言ってたから……かれこれ六十年とか？」

「ふうん。でも、たぶんもっとずっと古いものだよ。あのリュージュ社のライバル社で、昭和初期に倒産してしまったセーヌ社のチャーピングバードだ」

「ふうん。チャーピングバードっていうんだね、これ」

「シンギングバードの後発商品だよ。シンギングバードはジャケ・ドローという時計職人が考案した鳥が鳴くだけの自動人形《オートマタ》でね、オルゴールより十年ほど歴史も古い。セーヌ社はその技術を研究してオルゴールとミックスし、独自路線を打ち出した」

それから、黒猫はオルゴールのケースの右側面を何やらいじった。

「君はオルゴールといったら、ぜんまいを回せばいいと思っていたんだろう。でもセーヌ社製のチャーピングバードは、ぜんまいを回したあとにもう一つ、ここのボタンを引っ張らなければならない」

彼は右側面にある小さな金のボタンを引いた。すると――。

上部から小鳥が飛び出し、羽をばたつかせながら囀《さえず》り出す。

同時に音楽も流れ始める。可愛い音色だが、どこか艶がある。

「動いた……」

「そりゃあ動くよ、壊れてないんだから」

それから黒猫は音色に耳を澄ますように目を閉じた。和室のなかに、ふわりと風が吹き抜ける。十月の風は、乾いたなかに微かな哀愁を染みこませている。まだ暖かい。でも明日には今日よりも冷たくなる。そんな微妙な移ろいを感じる。

「音楽をつけることで、シンギングバードと差別化を図ったが、会社がつぶれたところを見ると、需要自体がなかったのかもしれないな。僕は嫌いじゃないけどね」

音楽は少しずつスローテンポになり、やがて止まった。

すると、同時に小鳥は元の箱の中にカチャリという音とともに素早く姿を隠した。

静まり返った部屋は、オルゴールが鳴り出す前と同じなのに、違うふうに感じられる。

いい音色だ、と黒猫は言って立ち上がり、再びコンロの火をつけた。

「オルゴールは時を刻む。ぜんまいを巻いたぶんだけ歌うということは、その時間と価値を交換する玩具と言えるだろうね」

「私、オルゴール好きだな」

「オルゴールの嫌いな子なんかいないだろう」

冷めた調子でそう返される。こんなとき女子同士なら「いいよね」みたいなことでふわふわと盛り上がるのだろうが、相手が黒猫だと失念していたこちらが悪いといえば悪い。

そして――。

「でもオルゴールと鯖の味噌煮込みなら私は――」

味噌の馨《かぐわ》しい匂いに耐え切れずロ元が緩む。

「誰が君に食わすと言った」

ムッとしてしまう。そんな言い方をしなくてもいいではないか。

「た、たまたまいるから食べてあげようかと思っただけでしょ？」

「迷惑だ。やっと研究に一区切りついたから、しめやかに晩餐でもしようと思ってたのに」

そう言いながらも黒猫はご飯と煮物をちゃんと二人分用意し、湯豆腐の受け皿も持ってきた。

　そして、最後に鯖の味噌煮込みが登場した。

「おー真打ち……」

「前座は早く帰って稽古に励みなさい。卒論はどうなったんだ？」

「やってるよ、ちゃんと」

「内容も大事だけど、フォーマットとか見やすさとかそのへんもちゃんと考えないと……」

「やってますやってますやってますー」

「なんで三回も言うんだ」

　知り合っていくと、意外に几帳面なところがある男らしいとわかってきた。ただ、神経質ではないようだ。一応釘を刺しておく程度で、自分の言葉が効果を発揮するかどうかには興味がないというところが何とも矛盾していておかしい。

「お説教なんか聞いてたら料理がまずくなっちゃうでしょ？」

「僕の料理はまずくはならないよ、ほら」

　黒猫は煮物を一口箸でつまんで口に入れてくれた。

　あまりに自然に口の前に箸を運ばれていた。黒猫は他人を寄せ付けないようでいて、稀にさらりと距離を近づける。それがわざとなのか無意識での行動なのか、今のところ判断はつかない。

竹の子の風味が口内に広がる。椎茸もしっかりと味が染みていて申し分ない。

「おいしい……」

「当たり前だ。まあ、もしかしたら僕との付き合いもあと数ヵ月かもしれないいんだから、箸をつけた以上せいぜい味わってくれ」

「え？　どういうこと？」

「夏にも話しただろ？　卒業したらパリに行くかもって」

「あの話……進んでるんだね」

彼が留学しようとしていることは夏休みに聞かされていたが、単なる願望くらいに思っていたのだ。

しかし、黒猫はどうやら、本気のようだ。

自分には絶対できない選択だ。

いとも簡単に、海を飛び越えるという決断に踏み切れる黒猫が羨ましい。

けれど、それだけではない、どこか雲の上を歩くような心もとない感覚が付きまとう。

何だろう――この感じ……。

が、黒猫はそんなこちらにはおかまいなしに話題を変える。

「それはそうと、さっきの話だけどね、やっぱり認知症のふりっていうのは考えにくいと思う」

「そうかな……」

「ただ、君の心配もわかるよ。君のお祖母さんが結婚して以来、セイイチ氏は現れなくなったとは言え、彼の執念の深さがどれほどだったかはわからない。彼の中ではいろんな時代が錯綜している、と言っただろ？　もちろん君のお祖母さんを好きだった頃の感覚に戻っているときだって、あるかもしれないよね」

「ああ、そうそう、その可能性だってあるし、やっぱり同じホームにいないほうがいいんじゃないかなって思うんだけど」

「君のお祖母さんは意識もはっきりしているようだし、家族がどうこういうことではないと思う。彼女がそこがいいと言うなら、何も問題ないよ」

「そっか……そうだよね。おこがましいか」

「それにね、認知症で意識が混濁しているとしたら、たぶん君のお祖母さんを当時追い回していた女性と同一視はしないんじゃないかと思うね。外見が違うもの」

なるほど。もっともな意見だ。

あのほの暗い瞳も、そう考えるとそれほど恐ろしくも不気味でもなくなり、少しばかりの同情心さえも出てきた。鯖の味噌煮込みに箸をつけ、口に入れる。程よい生姜の香りとともに、濃厚な味噌の味に満たされた。

それから、ビールを開けた。

「オルゴールの復活に」

嫌味っぽく黒猫は言って笑った。

3

寿香苑を再び訪れたのは、その翌日のことだった。

陽光はまばゆく煌《きらめ》き、鳥たちは気持ちよさそうに空を泳いでいた。

門を入ると、芝生のところで日傘を差した祖母が座っていた。

「あら、本当に来たのね」

白いブラウスに薄紫のスカート、首に巻かれたストールは、いずれも彼女の品のよい顔立ちと合っている。朗らかに笑いながら、彼女は自分の隣を指差した。

「ここ、どうぞ」

「いい天気だね、おばあちゃん」

言いながら、腰を下ろす。彼女が見上げているのは、背の高い菩提樹だった。木の葉のなかには微かに黄味を帯び始めているものもいくつか見られたが、それでも緑の深きを願うなりとばかりにまだまだ豊かな緑の葉を誇らしげに広げている。

「オルゴール、あったよ」

「あら、本当？」

「うん」

バッグから取り出すと、祖母はこの世でもっとも愛しいものに出会ったように、そっとそれを手にとり、撫でた。

「無事だったのねえ」

自分が故障かと思って間違えて黒猫のところに持っていった話を披露すると、祖母には、

「あなた、彼氏できたの？」と見当違いな問いかけをされてしまった。

「ぜんぜん。ただ黒猫はそういうの直せそうだなって思ったの」

「ふうん」

こういうときの笑っている目の感じが母と似ているのだ。血は争えない。

「それって、無意識のうちに頼りにしてるってことよね」

「……ん、鯖の味噌煮込みはおいしいよ」

「鯖の味噌煮込み？」

祖母は噴き出した。それから、若いっていいわね、と言いながらぜんまいを巻き、ボタンを引いた。

鳥が囀り、音楽が流れる。

祖母は、目を閉じ、メロディに聴き惚れているようだった。

鳥の鳴き声が、屋外ののどかな日差しと調和して心地よい。

「素敵なオルゴールですね」

振り返ると、芝生の奥のほうからやってくる職員のマコトさんの姿があった。一目見て、おや、と思った。昨日と違って、短く刈られた髪のせいか、すっきりしていてスタイリッシュな雰囲気になっていたからだ。栗色の髪から黒髪になったのもよく似合っている。

マコトさんは祖母の前にしゃがみこむと、その音を聴きながら言った。

「これ、オールオブミーって曲ですよね？」

「そうよ」

「誰からプレゼントされたんですか？　モテるなあ」

そう言われると、祖母はまんざらでもなさそうにウフフと笑い、それから「その昔に、大事な人からね」と答えた。

初耳である。誰だろう？

「やあね、お祖父ちゃんに決まってるでしょ？」とこちらの怪訝《けげん》な表情を読んだように祖母は言った。

「あ、なーんだ、お祖父ちゃんか、アハハ」

祖父は高校時代に心不全で亡くなった。いつもにこにこ笑っている、太陽のような人だった。

「あの人、恥ずかしがり屋だったからね、言葉に出して好きだとか言うのが苦手だったのよ。だから、オルゴールをプレゼントしてくれたってわけなの」

出会って三ヵ月かそこらでのことだったと言う。

「私はずっと前からお祖父ちゃんが好きだったから、すぐに手紙を出したわ。結婚しませんかって」

「せ……積極的」思わず唸ってしまう。

「あなたも想っている人がいるなら、これくらいアグレッシブに行かなきゃ」

「真似できません。そもそもそんな人もいないもん」

オルゴールの音はまだ続いていたが、少しずつテンポダウンしていた。まるで、十月の木の葉が微かに赤みを帯びるように、本当に少しずつゆっくりになっていく。

途切れかけた音と音の合間に――視線に気づいた。

振り返る。

そこに、セイイチさんがいた。

彼は全身を震わせて、こちらを凝視していた。これ以上は開けないほどに目を大きく見開いて。

そして――車椅子から身を起こし、後ろへ駆け出そうとして、倒れた。痙攣する彼の姿に職員の人々が慌てて飛んでいく。マコトさんもその一人だ。

痙攣するセイイチさんの身体が運ばれていくまでの時間を数えるように、オルゴールはテンポを緩め、やがて小鳥は姿を消した。

「大丈夫かしら？」

不安げな面持ちで、祖母は呟いた。

セイイチさんは、ほどなく病院へ運ばれていった。

4

「芸術家の生涯より、名もない職業作家の生涯をひもとくほうがより難解で面白い」

話を聞いた黒猫は、そんなことを暢気《のんき》に言いながらネグリタというラム酒をぐいと飲んだ。大学講堂前の上には満天の夜空が広がっている。我々二人は講堂の階段に腰を下ろしていた。

五限講義のあと、黒猫とともに大学脇にある弁当屋ベス弁でから揚げ弁当を買い、ついでにと言って酒屋でラム酒まで購入したのだった。

「そうなの？」

「当然ながら先行する研究書はないうえに、作品自体は多岐にわたる。全貌を知るには長い年月がかかるし、それだけの価値もないから誰もやらない。でも面白いか面白くないかと言ったら、調べる楽しさは充分だと思うね。僕は嫌いじゃないな、そういう不毛な研究」

話は遡ること三十分前、今日の昼間に寿香苑で起こった出来事について話したのだ。その流れで、セイイチさんが「市橋セイイチ」という彫塑作家だったことを告げ、どんな作家だったのかな、とぼんやり呟いた結果の流れだった。

「私が気になるのは、彼が寿香苑で作ってた彫塑作品なの」

「ほう、そんなものが」

「うん、じつは――」

帰りがけのことだ。祖母を室内まで送ったとき、レクリエーション室の片隅にある奇妙なオブジェが気になった。それは、首や手足のない女の彫像だったのだ。

「首や手足がない、となると、胴体だけなわけだね？」

「ええ」

「トルソか。べつにそれ自体は不気味なものじゃないだろう？　マネキン製作の仕事もたくさんやっていただろうし」

「そうだけど……」

「何か異常なところでも？」

「施設内の彼の個室にはほかにも似たようなものがいっぱいあるらしいんだよね」

「なるほど。で、君はトルソのボディが君のお祖母さんの昔の身体を象《かたど》っていると考えているんだね？」

「わからないけど……もしかしたら……」

「彼が君のお祖母さんを尾け回していたのは、六十年前のことだが、もしかしたら、混濁した彼の意識をタイムスリップさせるきっかけが何かあったのかもしれないね」

「何か、とは？」

「そうだな……たとえば、あのオルゴール」

「オルゴールが、どう関係するの？」

「年代もののオルゴールだった。あのオルゴールを彼はどこかで聴いたことがあった可能性がある」

「それで、発作を？」

「そのオルゴールは彼が君のお祖母さんに贈ったものだったことを思い出した、とかね」

「それはないよ。だってお祖父ちゃんからのものだって言ってたもの」

「でも証拠はない」

「そうだけど……」

「ストーカーだっていうのがそもそも冗談なら？」

「冗談？」

「好かれていた程度のことを、少し恥じらいもあって逆に大げさに言ってみたってことはないだろうか？」

「ああ……うーん、ないとは言えないかな」

過去にストーカー呼ばわりしていた男性と付き合いだした友人がいたことを思い出す。ストーカーか、恋愛の範疇かは、追われて迷惑か嬉しいかという受け手の主観で決まる。実際には嬉しいのに、他人にストーカーと表現するのは、小さくて簡単な嘘だろう。

祖母は――どっちだったんだろう？

同じ施設にいても拒まないとなると、やっぱり多少は悪い気はしなかったのだろうか？

「もしもあのオルゴールが二人の思い出のものだったら、何らかの衝撃はあるかもしれないね」

「そうね……でも、あのときのセイイチさんの表情、あれは恐怖だったように思うんだよねえ」

「恐怖か」

それから黒猫は、考え込むように下唇を親指の腹でとんとんと叩いた。乾いた夜風が、黒猫と自分の間をすり抜けていく。

「オルゴールが、いわゆるただの置物と決定的に違うのは、それが時間と密接に関わりながら崩壊曲線を描いているところなんだ」

「崩壊曲線？」

「そう。オルゴールはぜんまいを巻き、ぜんまいがほどけるにつれて、徐々に速度が落ちていって、やがて沈黙をもたらす」

「それが崩壊曲線？」

「たとえば、ここに永遠に鳴り続けるオルゴールがあったとする。ぜんまいを巻く必要もない。君がストップと言わなければずっと鳴り続ける」

「それ、ステレオだよね、もう」

「オルゴールは簡易ステレオの原型みたいなものだよ。そうすると、ステレオがあれば、オルゴールはもう必要ない？」

「んん、でもやっぱりオルゴールにはオルゴールの味が……」

「〈味〉と君は表現したが、実際、〈鑑賞〉と言い換えてもいい。僕が言いたいのは、オルゴールを聴こうとするとき、その鑑賞の契機のなかに、すでに崩壊曲線が暗黙の事項として含まれているんじゃないかってことだよ」

「なるほど」

話はわかった。しかし、なぜそんな話が今出てくるのか。

「ところで、なぜ我々がこの崩壊曲線に魅力を見出すかわかる？」

「んん、わかりません」

「それはね、人間自体が崩壊曲線を描く存在だからだよ」

「ああ……」

ふだんは意識しないが、人間にはみな終わりがある。もちろん当たり前のことで、そんなことを毎日考えていたら気が変になるから考えないだけのこと。

「つまりね、仮にそのオルゴールがセイイチさんに何らかの関わりをもつもので、それを聴くときに過去から現在に至る自身の崩壊曲線をも想起しているとしたら、彼のショックは彼自身のことに起因している。たぶん何か特殊な混乱に陥《おとしい》れられたに違いない」

「認知症によるものではない時間の混乱ってこと？」

「まあ、もしくはさらに付加された混乱というべきかもしれない。謎をまとめようか」

黒猫は講堂の階段に紙を広げた。
●セイイチ氏は何にショックを受けたのか。
●オルゴールとセイイチ氏にはどんな関係性があったのか。
●セイイチ氏はなぜトルソばかり作るのか。
「オルゴールって、とても彫塑的なアートだと思うんだ」

「彫塑的……？」

「芸術を絵画的と彫塑的の二つに分ける考え方がある。区分の仕方は歴史的に見てもさまざまで一概には言えないんだけど、無理やり簡単に言うと、絵画的っていうのは美的に享受可能な範疇で展開される様式で、彫塑的とは、美的感覚だけでは把捉《はそく》できないような空間と時間のダイナミズムを感じさせる様式だ。ヘーゲルは芸術の衰退が、彫塑的な傾向から絵画的なものへ移行した結果だとしている」

「空間、時間……」

「言ってみれば、一見すると、それ自体が美とは無縁に見えるようなものだよね。たとえば、トルソを初めて見て、即座に美しいと判断する人はいないだろう。顔も手も足もない像に戸惑いを覚えるのが普通だ。ところが、よく見ていくと優れたトルソは手足のあるはずの空間の余白と、それが動いている時間を想像させるような躍動感が同時に刻みつけられてもいる。

そもそもがギリシア時代の作品が経年劣化して崩れたのを模倣しはじめたもので、そこには運動の持続性と崩壊曲線の二律が同時にある。これが、彫塑的ってこと。ね？　こう聞くと、オルゴールには彫塑的要素があると思わない？」

「たしかに——」

ぜんまいが限定した時間と、音楽の流れる空間。そのなかに、すでに重力がはたらき、崩壊が感じられる。

「つまり、今回の事件は、ある意味で空間と時間の流れが強く関わっている点で彫塑的事件と言えるわけだ」

「彫塑的事件……」

そう聞くと、とても奇妙に思えた。急に日常の断片が光と影によって極端にデフォルメされ始める。

「彫塑的な小説家というとドストエフスキーとか、バルザックなんかが真っ先に浮かんでくるけど、僕はそこにポオを加えてもいいんじゃないかと思うね」

「ポオも？」

「彼の諸作品は多岐にわたるために、人によってはゴシック作家と捉えたり、唯美主義の作家だと思われたりもする。でも、たとえば彼の短篇『ウィリアム・ウィルソン』を読むと、この作家の作家性が必ずしも美によって支配されているばかりではないことに気づかされる。そこに彫塑的側面を僕は見出す」

「あの短篇に彫塑的な側面が？」

「ウィリアム・ウィルソン」と言えば、ドッペルゲンガーものの恐怖小説ではないか。心理学の文脈で云々されることはあっても、美学の文脈で語られることはまずない、と思っていた。

ところが、黒猫はそれを彫塑的という表現で、美学のなかに持ち込んだ。

「あの話は、ある少年が、自分と同名で、外見もそっくりな転校生の少年と対峙する話だよね」

傲慢な精神で校内で権力を誇示する少年ウィリアム。だが、そんな彼の意のままにならぬ生徒が一人いる。ウィリアムと同姓同名で、生年月日も入学した日も同じで、姿形もよく似ているもう一人のウィリアム・ウィルソン。物語は、語り手であるウィリアムと彼の意にそぐわぬもう一人のウィルソンとの精神的な戦いの歴史でもある。

「ポオにしては珍しく現実的な描写が圧倒的で、幻想的な雰囲気はあえて排されている。あれは人間の運動を誠実に示そうとしたテクストなんだよ」

「人間の——運動を？」

「たとえば僕は、つねに一秒後の僕によって更新されている刹那的な存在に過ぎない。一秒前の僕にとって一秒後の僕は脅威でしかないだろう。もしも一年先の僕の思考をもっているそっくりさんが近くにいたら、我慢ならないかもしれないね。彼はいまの僕よりも優れた美学理論を持っているに決まっているんだから」

「ああ……」

「時間差のある自己を同じテクストに収めることによって、精神の運動の歴史みたいなものが垣間見える。つまりは——彫塑的な主題だね」

「そっか……てっきりドッペルゲンガーものなんだと……」

「いや、ドッペルゲンガーなのは間違いないんだけどね」と黒猫は言いながらあくびをし、「ドッペルゲンガーを扱う意味みたいなところの話。たとえば、ロダンに『歩く人』という作品があるが、歩く行為を描くことはすでに一歩先を予見させ、同時に歩き出す出発点を想像させるものでもある。つまり、彫塑的であるってことは、同時に時間の質量さえも捉えてしまうことになるんだよ。

　これはよく言われることだが、タイトルでもあるWilliam Wilsonが、すでにウィル＝未来とか望みを含んでいる。一方で、Willを取り除いて文章をつなぐとどうなる？」

　つなげてみてハッとした。

「アイ・アム・サン……私は息子？」

「そう。つねに生まれ変わる細胞によって更新される自己を、ポオは描こうとしたんだ。そして、未来の自分にとっても過去の自分は切り離せない。それなしでは成り立たない存在だからだ。そうであればこそ、あの結末になっていくんだね」

「考えもしなかったな……心理学的に読み解いたことと結論は一緒のようにも思えるんだけど、それを美学的に展開させることができるなんて」

「君は少し素直なところがあるから、もう少しひねくれたほうがいいと思うよ」

「え？」

「むしろ僕の言ってることは全部眉唾ものだって最初から疑ってかかるくらいじゃないと、学者としてやっていけないよ」

「う……そんなこと言われたって……」

「とうぶん君は『なるほど』とか『へえ』とかは禁止だな」

他人《ひと》が納得してしまうようなことを言っておきながら納得するなとはひどい話である。

「まあとにかく」と黒猫は言った。「彼にはとうぶん気をつけておいたほうがいいよ」

「え？」

「これが彫塑的事件なら、事件は一瞬に凝縮されながらも持続している」

どういう意味だろう？

黒猫は、闇を凝視したまま、ネグリタを飲み干した。

5

その電話を受けたのは、三日後のことだった。休講が二つ続いて早めに帰宅し、テーブルに置かれていた、遅くなるとの母のメモ書きを読んで、今夜は弁当でも買って済ませてしまおうかと考えていたところで電話が鳴った。

通知は「公衆電話」とあった。いったい誰からだろう、と思いながら受話器をとる。

「もしもし？」

「寿香苑で職員をしております竹中と言います」

マコトさんの声だ、とすぐにわかった。彼の柔らかい声質はどことなく森林の朝靄を思わせるところがあった。

「いつも祖母がお世話になっております」

見えてもいないのに頭を下げてしまう。

「じつは、さきほどお祖母さまが突然お倒れになりまして」

「えっ！　祖母が？　ぶ、無事なんですか？　命に別状は？」

「わかりません。とにかく、すぐにいらしていただけますか？」

「わかりました」

「駅まで僕が迎えに行きますから」

動悸が速くなった。母は夜遅くまで今日は戻らないし、携帯電話をいまだに頑固にも持っていないのは、こういうときに困る。が、とにかく、祖母の状態を確認しよう。母に連絡するのはそのあとでいい。

日中はワンピース姿でもそれほど寒さを感じなかったけれど、帰りが何時になるのかわからないことを考えカーディガンを羽織って飛び出した。電車に乗ってから携帯電話を机の上に忘れてきたことに気づいたが、あとの祭りだった。

東久留米に着くまで、電車のなかで祖母のことをずっと考えていた。オルゴールを届けたときの祖母の嬉しそうな顔が忘れられなかった。彼女に何があったのだろう？　もっと詳しく聞いておけばよかった。

階段を降りながら左側の窓ガラスから下のロータリーを覗くと、黒のカローラが停まっているのが見えた。運転席から、マコトさんが顔を出す。急いで階段を駆け下り、ロータリーへ回り込むと、彼は助手席のドアを内側から開けた。少しためらいつつ、乗り込む。

フレグランスの香りが鼻孔をくすぐる。

「こんにちは。思っていたより、早かったですね」

「すみません、迎えに来ていただいたりして」

「いえ、当然ですよ」

彼はラフな出で立ちをしていた。先日は職員の水色の制服を着ていたが、今日はジーンズにチェックのシャツでどこにでもいる爽やかな若者といった風だった。

「それで、祖母は……？」

「とりあえず向かいましょう」

「……はい」

エンジンがかかる。

「大丈夫です、いまちょうど容態が落ち着いたところですから」

「そうなんですか？」

「ええ。お医者さんも、このまま一、二時間様子を見て、何もなければ、あとは回復に向かうだろうって」

「よかった……」

一気に肩の力が抜けていく。

「どんな症状だったんでしょうか？」

「症状ですか？　呼吸が苦しそうでしたね。まあ高齢者にはよくあることですから、病気というほどのことではありません。ちょっと風邪をこじらせただけでも亡くなるケースはよくあるんですよ」

「そうなんですか……」

「どうしました？」

窓の外を見る。この辺だったはずだ。

「あの……寿香苑はここで曲がるんじゃ……」

「療養施設は少し離れた場所にありましてね」

「そうなんですか……」

彼はそのまままっすぐに車を走らせた。竹藪の間にある細い道をさらに奥へと進んでいく。こんな奥に何があるんだろう？

車がようやく停まったのは、そこからさらに三分ほど進んだ、竹藪を通り越した先の古びた洋館の前だった。

「ここです」

「本当に……ここに？」

「寿香苑はもともとここが本拠地だったんです。いまは新館が本館のように使われていて、ここは療養が必要な方のホスピスのようになっているんですよ」

車を降りた。赤煉瓦の道を通って玄関にたどり着く。マコトさんがドアを開けた。

「さあ、どうぞ、お祖母さまがお待ちです」

頭を下げて、なかへ足を踏み入れた。

そこには――首や手足のない無数の彫塑が乱雑に置かれていた。

背後でガチャリと音がした。

「怖がらないで。彼女たちは何もしない」

振り返ろうとしたときは、遅かった。両腕をぎゅっと摑まれ、素早く手首を結ばれていたのだ。

6

猿ぐつわを嵌《は》められて、椅子に縛り付けられた。

ロープが身体にきつく食い込んで、少し動こうとしただけで、皮膚が痛かった。両手は椅子の背の後ろで、両足は揃った状態で足首と膝の部分でそれぞれ堅く縛られていた。

「あなたをひと目見たときから決めていたんです。初めて会った気がしませんでした。完璧ってわかりますか？」

静かに首を振った。無視をするのが恐ろしかったのだ。一度機嫌を損ねたら、何を始めるかわからない。

「ほかのどこにもいない、でも、それが完璧なことはひと目でわかる、そういうものなんです」

彼はそう言って大きな肉切り包丁を取り出した。

怖い――。

心臓の鼓動が、一人駆け足になってどこかへ逃げ出そうとしていた。けれど、身体は自由を奪われていてそれを許さない。

「うう……うう……」

助けて。

誰か。
呼吸が乱れる。
首のないオブジェは、見て見ぬふりをしている。
このまま殺されるのだろうか？
「心配しないでください。あなたを正しい状態にするだけです」
正しい状態？
頭のなかで鸚鵡《おうむ》返しにする。しかし——その文はいつまで経っても意味を為さない。
アナタヲタダシイジョウタイニスルダケデス。
ただの記号の羅列。
「彼女たちも嬉しいんですよ、仲間が増えることが」
仲間——彼女たち……。
首なしオブジェたちが見ている。
歓迎している。
いやだ。
違う——あなたたちとは違うの。
ドアのベルが鳴った。

一度目、マコトさんはそれを無視しようとしていた。だが、チャイムはしつこかった。彼は諦めて玄関に向かうことに決めたらしく、包丁を置いた。

「すぐに戻ります」

その間に脱走できる術《すべ》はないかを考えた。手首を結わえたロープはきつかった。昔映画で見たように少しずつ手のロープを解いておいて、殺される直前に襲い掛かるなんて真似はできそうにない。

彼の置いていった包丁のところまで椅子を引きずっていけば、とも思った。しかし、そこまでの距離はだいぶある。その前に戻ってきてしまうだろう。

あれこれ考えているうちに時間を使い切ってしまった。

黒い影が、戻ってくる。

もう終わりだ。

目をつぶった。いやなことは何も起きていない。このまま何が起こっても目を閉じていれば、静かな世界へ行けるのだろうか。

「言ったはずだよ、彼に気をつけろって」

その声で、目を開けた。そこにいたのは、マコトさんの首に手を刺股のようにまっすぐ押し当て、壁際まで静かに押して歩く黒猫だった。マコトさんは苦しそうな顔で黒猫を見つめていた。

黒猫はマコトさんに静かな口調で言った。

「僕は美的関心以外のものは持ち合わせていないが、君が死ぬ日まで定期的に観察し続けるくらい、わけはないんだよ」

マコトさんの表情が青ざめていくのがわかった。

黒猫はゆっくりとマコトさんの首を押さえる手の力を緩めながら、テーブルに置かれた包丁を素早くつかんで切っ先を彼に向けてこう言った。

「それから、美を語れるのは、それにふさわしい人間だけだ。残念ながら、君は——基準以下だ」

黒猫はこちらの椅子に近づき、そっと猿ぐつわを外した。

「手首のロープはそのままにしとこうか？」と言って意地悪く笑う。

睨み返したつもりだったが、目から涙が溢れてきた。

7

帰りのタクシーのなかでも、まだ微かに身体が震えていた。

黒猫は、両手で口を覆って無言を保っているこちらに、黒いスーツの上着を脱いで肩にかけてくれた。

「何が起こったか、わかってないだろ？」

「……うん」

「まずは、セイイチ氏の話から始めようか」

「セイイチさん……？　それがどう関係するの？」

「セイイチ氏は昔君のお祖母さんの家を覗き見ていたと言ったね？　ところがあるときからそれをしなくなり、前後して君のお祖母さんも嫁いでしまい、以降、彼の消息は知らなかった。そうだね？」

「ええ」

「順序から言えば、彼が消えたのが先なわけだ」

「たぶん」

「さて、セイイチ氏はどこへ消えたのか？」

黒猫は窓の外を見た。タクシーは青梅街道を直進する。向かっているのは、所無駅。

「現在の彼は足が悪い。以前君から聞いた彼の通史によれば、足を悪くしたのは、二十代半ば。時期的には君のお祖母さんが結婚する前後と一致する。おそらく、彼が現れなくなったのは足を悪くしたためなんだよ」

「どうして……そんなことが……？」

「彼は君のお祖母さんの部屋を垣根越しに覗き見ているときに梯子か何かに乗っていて、足を滑らせたんだろうね。そのとき、お祖母さんの部屋では、きっとオルゴールが鳴っていた」

オールオブミー。

祖父からのプレゼント。

「彼にとっては悪夢の瞬間に流れていた音楽として記憶されたことだろう。時は流れ、二人は再会した。だが、認知症になっていた彼は、君のお祖母さんのことを覚えていなかった。そもそも現実と記憶とが錯綜しているわけだから、判別のしようがないだろう。しかし、ここに過去を思い出さざるを得ない事件が起こる。君が現れたんだ」

「……私？」

「そう、君だ。おそらく君は若い頃のお祖母さんに似ているんだ」

そう言われて、ハッとした。つい先日祖母から同じことを言われたのを思い出す。

「だから、セイイチ氏は、君を見て混濁した時間軸によって、お祖母さんのストーカーをしていた頃の感覚がよみがえってしまった」

あのとき——彼は祖母を見ていたわけではなかったのだ。

「そして、二度目に君が訪れたとき、彼は少しずつ距離を縮めようとしていた。そこへ——

—あのオルゴールが鳴った。彼にとっては不快で戦慄の走る音だったことだろう。さらに、もう一つ良くない要素が重なった」

「よくない要素？」

「そこに、もう一人の自分が立っていたんだ」

「もう一人の自分？」

「マコトというさっきの男だよ。あれは、彼の孫だ。さっき寿香苑に行って写真を確認したが、若い頃のセイイチ氏にそっくりだった。『ウィリアム・ウィルソン』さ。セイイチ氏は、過去を彷徨《さまよ》って君を追いかけるさなかに、過去の自分に出会い、ショックで倒れたんだ」

ドッペルゲンガー。

そう、それはいびつなドッペルゲンガーだったのだ。

「マコトは、彼の父親がセイイチ氏を引き取ってから、さまざまなトルソを間近で見るようになった。セイイチ氏の作るトルソのモデルはただ一人、君のお祖母さん。おそらく、体型も君とお祖母さんの若い頃は似ているんじゃないかな」

「まさか……いくら何でも……」

「君は姿勢がいいし、首から肩にかけてのバランスが独特で、彫塑のモデルに向いている」

——初めて会った気がしませんでした。

マコトさんは小さい頃から潜在的に理想をすり込まれてしまったのか。視線が下がり気味だったのは、シャイだったからではない。こちらの胴体だけを見ていたからなのだ。

「セイイチ氏とマコトは、ある意味では精神のドッペルゲンガーを形成していたと言えるかもしれない」

「精神のドッペルゲンガー？」

「マコトのマコトたる根拠は、セイイチ氏の存在と不可分にある。片方の行動はもう片方の精神に影響を及ぼすし、逆もしかりだ。いわば彼らは対になっているんだよ。セイイチ氏はマコトによって殺されかけたようなものだが、そもそも、マコトが愚かしい行為に乗り出したのは、セイイチ氏の諸作品によって潜在意識を作られていたわけだから、ある意味では、マコトもまたセイイチ氏によって殺されたようなものなんだ」

「でも、ずっとセイイチさんの近くにいた孫を、急に自分の若い頃と間違えるなんて……」

「髪型だ。マコトは髪を短くカットした。それが、セイイチ氏を混乱させたんだ。戦地から戻ったばかりのセイイチ氏は髪を短くしていただろうからね」

偶然が織り成され、いびつな事件に発展したのだ。

「黒猫は、いつから気づいていたの？」

「初めからさ。君が最初に話してくれたときからマコトという人間のことを疑っていた。だって、彼は最初に君と会ったときにこう言ったんだろう？　『歩いていらっしゃったんですね』って。駅からもさほど遠くはないのに変だなって思ってたんだ」

それから黒猫は間をとった。こちらがどういう意味かつかみかねていると、彼は少しだけ言いにくそうに言った。

「彼は、君の胴体部分にだけ着目していたんだ。だから、自分が見慣れたトルソと同型の生身が現れたことに驚いた。そして、手や足や顔があることに違和感をもったのさ。トルソばかり見て育った彼は、君を見たときにトルソが動いているように見えたんじゃないかな」

——歩いていらっしゃったんですね。

耳元に、あのときの声がよみがえる。鳥肌が立った。

「とにかく……ありがとう」

「え？　ああ、でも危なかった。もう少し気づくのが遅かったら、どうなってたかわからない。セイイチ氏の生涯について気になって寿香苑に問い合わせたんだ。彫塑家を探してるってね。そうしたら、孫が職員にいるって聞いて、すぐに教えなきゃと思って君に電話をした。ケータイにかけても出ないし、家に帰ったはずなのに家電にも出ない。だからもう一度寿香苑に電話をした。すると、マコトは今日休みをもらってるって聞いて、もしやと思ったんだ」

普通ならそこまでは考えまい。黒猫に救われたのだ。

「だから言ってるだろ？　君は素直すぎるんだよ。もっといろんな物事を疑ってかからないと」

「……」

なんでだろう、いつもならすぐに言い返せることが、このときばかりはただ涙が溢れてきた。恐怖が溜まっていたのだ。

「少し眠れよ。着いたら起こすから」

黒猫は少しだけ、きまりが悪そうに言った。そして、もう一度、肩から落ちかけたジャケットをしっかり肩にかけてくるみ、前でボタンを留めてくれた。黒猫のジャケットには、まだ微かだけれど黒猫の体温が残っていて暖かかった。

凍りついた心が、少しずつ溶けていく。

心地よい睡魔が、やってくる。

気がつくと、黒猫の肩に頭を預けて眠っていた。

その後の話である。

実際には何事もなく寿香苑にいた祖母には、あれこれ考えた末、何も言わないことにした。

　セイイチ氏は意識不明のまま帰らぬ人となり、それと前後するようにしてマコトという職員は、何の前触れもなく寿香苑から姿を消したのだった。

「ウィリアム・ウィルソン」のごとき彫塑的事件は、かくして幕を閉じた。

　十月が終わり、十一月を迎えても、電車で東久留米を通過するたびに考えた。今でも黒猫は彼の足取りをつかんでいるのだろうか、と。

　それを思うと、無数のトルソに囲まれた屋敷から出るときに握ってくれた黒猫の力強い手の感触がよみがえってくるのだった。

　月が変わったのに、身体はあのときの恐怖を記憶し続けているのか、夜にベッドで目を閉じていると――聞こえてくるときがあった。

　オルゴールの追憶と、忌まわしい追尾の足音が。

第五話

象られた心臓

■告げ口心臓

The Tell-Tale Heart, 1843

語り手にも、どうしてその考えが頭に入ってきたのかわからなかった。その老人に、語り手も懐いていた。ひどい扱いを受けたことはなかったし、財産がほしいわけでもなかった。だが老人の禿鷹のような淡碧《うすあお》がかった眼を向けられると、なぜか語り手は老人を殺し、その眼から逃れたいという思いに襲われたのだった。

そして殺害を決心した語り手は、毎晩のように老人の家を訪れ、扉を開けて、寝ている老人の顔を覗き見る行為を続けた。そして八日目の晩、ついに老人は語り手に気づく。語り手は混乱する老人をベッドで押さえつけて殺害すると、老人の死体を切り刻み、床下へ投げ入れたのだった。

本篇では「告げ口心臓」の核心部分に触れています。

1

　窓の外から、巨大な満月が室内を覗き見ていた。十一月も半ばに入ると秋風はいっそう冷たくなってくるが、複層ガラス仕様の窓は外気にびくともしない。家を出るとき、コートを出そうかと思うほど肌寒く感じられたが、さすがに十二月にもなっていない段階ではためらわれた。その判断は正しかった。

　招待客で賑わう目黒の高級マンション・アルファヴィル目黒の十階、書道家・計多剛志《はかりだつよし》の自宅の大広間では、誰ひとりコートなど携帯していなかった。

「すごい人だね」

「たしかに、地味な学会の集まりとは違うな」

　黒猫は素っ気なくそう言いながらワインを飲んだ。

　ここへやってきたのは、〈象の夜会〉に初参加するためだったが、実際にその場へやってくると、自分がいかに場違いなのかを痛感させられた。

一学生などが来るべき場所ではないのだ。やってくるゲスト一人ひとりのきらびやかを通り越した衝撃的な服装を見ればそれは明らかだった。全身にトランプを張り付けたようなドレスの女性がいたかと思えば、ガネーシャの仮面をつけた男性もいる。ファッション誌でしか見ることのできない斬新な恰好の人々が、そこらじゅうに溢れている。そう、ここはいわゆる業界人の社交場なのだ。

黒猫曰く、〈象の夜会〉は「形象《フィギュール》」を主題としてアーティストたちが自由に意見交換できる場となっているらしい。

「まあそう気後れしても仕方ないさ。僕たちが学生なのは今さら変えられないんだから」

「うん……」

午前中まで卒業論文の初稿を書いていたせいか、目もくらむほど瀟洒な空間に身体が馴染まない。

卒業論文を書くのは登山に似てしんどいものだった。いくら最初にレジュメを書いてはいても、いざ書き出してみると思い通りにいかなかったり、書いている最中に資料の中から新たな発見があったりして全然うまくいかない。

それでも——最後まで書いてみると、不思議なもので、「この結論に持ってくるためにはあそこをああ直して、あれを前に持ってきて……」というようにぼんやりながら道筋が見えてくる。

少しは、成長できたかもしれない。そんな感触があった。

我々が立っているのは、大広間の出入り口近くにある小さな丸テーブルのそば。部屋の壁際に小さな丸テーブルがいくつも置かれ、その周りに人の輪ができている。

中央には大きな和紙が広げられており、誰も何も言わないものの、これから何かが行なわれるのは間違いないようだった。

五十人近い人々が入ると、さすがに熱気で暑くなった。ジャケットを脱ぎ、ノースリーブになってもまだ暑く、ハンカチで軽く顔を扇いだ。外の肌寒さが嘘のようだ。本当にコートを着てこなくてよかった。

「ところで、なんで喪服なの？」と黒猫がこちらの恰好を見て尋ねた。

「え？　べつに喪服ってわけじゃないよ。ちゃんとしたのがこれしかないの！」

黒のワンピースを選んだのは「夜会」という言葉から何となくフォーマルな印象を受けたからだったのだが、まさかこんな指摘をされるとは思わなかった。

むくれていると、黒猫は「僕と並んでると余計に喪服っぽい」と言う。たしかに黒猫はいつもどおりの黒スーツに白シャツだ。

「黒猫が花柄のシャツとか着てくれればよかったんだよ」

意地の悪い顔でそう言ってやると、

「いっそハワイアンドレスという手もあるな。次からは相談しよう」

と黒猫は真顔で返した。

言い方がおかしくて笑っていると、突如拍手が起こった。みれば、それまで各テーブルに挨拶をして回っていた三十代半ばの和服姿の男性が部屋の中央にやってきたのだった。

「あれが、計多剛志だ」

「へえ……なんか歌舞伎役者みたい」

古風ですっきりとした風貌は、年配の女性から受けそうだ。

「最近はテレビに雑誌にと引っ張りだこだからね。ここへは眠りに帰ってくるだけらしいよ」

「ふうん。新婚って話じゃなかった？」

「そうだよ。あそこにいるのが香織《かおり》夫人だ」

黒猫が示したほうを見た。

美しいブロンドヘアの女性が奥の間へと続くドア付近にいて、ゲストたちに頭を下げていた。気品のある整った顔の口元に浮かんだ微笑に引き込まれる。白い肌を際立たせる深紅のドレスが大輪の薔薇のように咲き誇り、誰もが彼女が通ると顔を綻《ほころ》ばせ、うっとりとした顔を向けている。

しかし、微かに目もとの辺りに疲労の色を感じるのは気のせいだろうか？

多忙な夫をもつのも気苦労が絶えないのかもしれない。

計多剛志は世界的に著名な書道家で、彼のスタイルは文字の形象に潜在するイメージを覗かせる独特なものだと黒猫は教えてくれた。

先月計多氏の個展を訪れた際に、黒猫が所感を伝えたところ交流が始まったらしい。黒猫自身、〈象の夜会〉に参加するのは初めてなのだ。

香織夫人がそっと奥の間へと引っ込んだのを合図に、計多氏は大広間の中央に立ち、周囲を見回しながら挨拶を始めた。

「今日は久々に〈象の夜会〉を開くことができてうれしく思います」

〈象の夜会〉はかつて二ヵ月に一度のペースで行なわれていたが、主催者である計多氏が昨年暮に結婚して以来しばらく開かれていなかったようだ。

「今日は初めていらした方々の顔も多く見られ、中にはかわいい学生のお客さんもいらっしゃるようです」

会場の視線が自分たちに集中しているようで気恥ずかしさを覚える。きっと学生なのが問題なわけではないのだ。問題は――まだ自分が何者にもなれていないこと。

この場にいる人々はみな芸術に携わり、自分たちの創作活動をより深めるためにここにいる。黒猫はアーティストではないが、先鋭的に美学を追究しようとしているところは、彼らに通じるものがあるだろう。

対する自分は――卒論をひとつ書き上げた達成感とは別に、まとまった論文を書いたことで山ほど自らの欠点に気づきはじめ、行く手を阻む茨にたじろいでいる。そのせいで、「学生のお客さん」という表現自体が、蔑称のように聞こえてしまうのだ。

「改めて会の趣旨を説明しておきましょう」

そんなこちらの気持ちにはおかまいなしに会は進行していく。計多氏は手に持っていたグラスをテーブルに置いて和紙の前に進み出た。

「ここに和紙があります。まだ文字は書かれていません。文字の書かれた和紙に比べて自由性が高い一方で、まだ何も語りだしません。ここにはまだ形――フィギュール――がないのです」

では、と彼は硯《すずり》の脇に置かれた筆をとり、筆先を墨で濡らした。

「たとえばこの会の名前にもなっている〈象〉。この字は動物のゾウを指す場合もあれば、〈かたどる〉という意味もあります。どちらの意味で使おうと、一文字で表せば〈象〉です。

しかし、我々書道家はそれを描いて見せたときにどちらの意味で用いたのか、ある態度を表明して見せなくてはなりません。とは言え、無理に字を動かしたり、表情を出そうなどと考える必要はないのです。動物のゾウであれ、象りであれ、どちらも動いているものです。私にできるのは字に表情を与えることではなく、ベクトルをディレクションすることだけなのです。いわば文字が主体となって歩くときの、手摺《てすり》や杖のような存在となっているにすぎないのです。

この会では、主役はアーティストでもなく、研究者でもありません。それらはみな、添え物の透明な存在です。ここで中心になるべきは、〈象〉そのものなのです」

言い終えると、彼は巨大な和紙に大きく〈象〉の字を書いて見せた。静と動が共存し、プリミティブな力を感じさせる〈象〉だった。

乾杯が済むと、再び計多氏は前に出て言った。

「それでは、本日は我が盟友であり、皆さんもちろんご存知であろう方にゲストとしてお越しいただきました。彼の新作をこれよりご覧いただきます」

場内がざわついた。

すると――隣室のドアが開いた。

そこから、香織夫人が現れた。

彼女は背後からやってくるもう一人の人物に目配せをしてから、人々のほうに顔を戻した。

「本日のゲスト、コメディアンのバスター木戸さんです」

彼女の案内でダークグレイのスーツ姿の男性が現れた。皮肉っぽい目と彫りの深い端整なマスク。

会場は割れんばかりの拍手で彼を迎えた。

バスター木戸はにっこりとほほ笑んで頭を深々と下げた。

しかし、ゆっくり顔を上げたとき、そこには一切の表情が消えていた。

2

テレビ嫌いで有名な伝説的コメディアン、バスター木戸。人を食ったようなその風貌と言動は、つねに挑発的であり、政治的な事柄についても雑誌などでコメントを求められているのをよく目にする。

毎度超満員だと噂の彼の一人コントの舞台を、一度は見てみたいものだと思っていた。まさか今日がその光栄な記念日になるとは。

「タイトルは『毒』です」

香織夫人はバスター木戸に親密な笑みで頷いて見せてから脇へよけた。

中央に現れた木戸は一言も声を発さなかった。

ただ、何かを食べては指で星の数を示す身振り手振りから、彼が美食評論家を仕事としていることがわかる。

そこに計多氏が円筒型の箱を持って現れ、右耳を掻きながら、「チョコレートだ」と言って、箱を手渡して引っ込んだ。たしかに円筒型の箱の側面には「チョコレート」と記されている。しかし、箱をくるりと百八十度回すと、髑髏のマークが描かれている。どうやら毒の入ったチョコレートであるらしい。

——このチョコレートに毒が入っているかどうか鑑定しろって？

バスター木戸は頭を振る。そして髑髏マークを指差す。

——毒だよ。

ところが持ち込んだ相手は納得しないらしい。木戸氏は頑なに拒み続ける。

——駄目だ、警察に連絡しろ。これはチョコレートじゃない。毒だ。

ところが、まだ相手は納得しない。

——なに？　チョコレートであり、毒だって？

円筒状の箱を再び回して確認する。最初に見たとおり、たしかにそこにはチョコレートと印字されている。これはチョコレートであり毒だ。

木戸氏は悩みながらポケットに手を突っ込み、紙片を取り出す。そこに彼の掟《おきて》が記されている。彼はそれを広げて人々に見えるように掲げてみせる。そこにはこう記されている。

〈食べずに語ることなかれ〉

自らの訓辞を前に身悶えするバスター木戸。その悶える姿は最初のうち俯《うつむ》いているだけなのだが、寝転び、逆立ちに変わり、挙げ句はバランスを崩してのた打ち回る。彼の大騒ぎ具合は場内の笑いを誘う。滑稽な身体の動きが、バスター木戸の無表情さとあいまって笑いを生むのだ。

だが、やがてバスター木戸は決意を固める。

——よし、食べよう。食べるぞ。食べてやる。

彼は箱との間に距離を置きながら、手を伸ばして箱の蓋をとり、中の一つを取り出す。しかし、なかなかチョコレートは口に到達しない。

決心がついていないのだ。

——駄目だ。

彼はチョコレートを元の箱に戻す。

演技のあいだじゅう、彼の目は一点を見ていた。

その視線を辿っていくと、ゲストに混じった計多氏にたどり着いた。まるで、依頼主である彼を疑いでもするかのように。

「チョコレート」と書かれたラベルを表に向け、鼻を近づけ、再び箱を開けようとするが、次の瞬間また「髑髏」のラベルを向けて箱を遠ざける。

ところが、そんな彼の目の前に、再び計多氏が隅からやってきて山のような札束を提示する。

――これを鑑定できたら、このお金がもらえるのか？　全部？

計多氏は頷いてみせる。

バスター木戸は考えている。

――食べる。

訓辞を見返し、それから札束を見て、大きく頷き、依頼主と固く握手をかわす。かわす。かわしたまま手が離れないのか、いつまでも握手をし続けている。やがて依頼主に指摘される。早くやれ、と。

――わかってますとも、やります、やりますよ、今からね。

なおも握手の手を離さないバスター木戸の姿に場内は爆笑の渦に包まれる。古典的なコメディの展開なのに、仕草や動作のひとつひとつを丹念に細かく行なうことによって、表情がないにもかかわらず緊張感とおかしみが全身に現れている。

やがて、手がくっついて離れなくなったらしく、ナイフで手を切り取るかどうかの問題にまで発展する。が、そこに虫が飛んできて、うっかり手を離して虫を追ってしまう。バレる。

もう逃げられない。

と、バスター木戸は何かを思いついたようにポンと手を打つ。そして、髑髏のラベルをはがしにかかる。

——このラベルがなければいいんだ。

彼は無事にラベルをはがすと、急に胸を張り、威張った様子でチョコレートの箱を見下ろす。挙げ句は箱と自身の背を比べて小さいことを馬鹿にしたりまでする。要するに、彼は恐怖を克服したのだ。

これはもう毒ではない。

彼は余裕のステップでチョコレートの周りを一周しながら、おどけたように髑髏のラベルを自分の額に貼り付ける。それから、札束にキスをし、依頼主の手にキスをし、それから箱の蓋を再び開けて一粒取り出す。反対の手でポケットを探る。ヴィタメール？　ガレー？　デメル？——ブランド名が書かれた紙を次々床に投げてゆく。

——一口で銘柄を当てて見せます。大丈夫。私に任せなさい。

彼はチョコレートを口に入れる。

最後に、彼は自分の額についた髑髏を指差しながらバタリと倒れて終わる。

コントの筋が秀逸なわけではない。優れているのは、細部なのだ。

室内は盛大な拍手に包まれた。

「ありがとう、ありがとう」

起き上がったバスター木戸は全員にお辞儀をして回った。演技が終わると、彼は思っていたよりも小柄に見えた。演じている状態のほうが大きく見えるというのは、いいコメディアンに共通して言えることなのかもしれない。

「今日は計多夫妻にお招きいただき、こうしてやって参りました」

彼は場内を見回し、それから夫妻に微笑みかけた。

「彼、計多剛志とは大学時代からの親友です。そして――」

そこで一瞬、彼は言葉を切った。

そのときになって気づいたのだが、彼は顔色がひどく悪かった。額には汗をかいており、視線は演技の最中とは違って、ひどく落ち着きなくきょろきょろと動いていた。

「彼の妻とは、夜のベッドをともにするほど親しい仲です」

一瞬、場内に緊張が走った。だが、すぐにジョークだと判断した幾人かが、遠慮がちに笑い出した。計多剛志も笑っていた。

だが――肝心の香織夫人は、無表情を保っていた。

「ほら、あんな風に平静を装ってるでしょ？　僕はあの顔の下で彼女が実際にはどんな感情を持っているのかすごく知りたかったんですよ。僕を好きなのか嫌いなのか、はっきりさせたくって。だって気持ち悪いじゃないですか。親友の奥さんなのに、何を考えているかわからないなんて。これじゃあ親しい気持ちになれないでしょ？」

どこまでが冗談で、どこまでが本気なのか、判然としない。あるいは、すべて冗談なのだろうか？

微妙な笑いに気を利かせたのか、計多氏は木戸氏に近寄って言った。

「なるほど。君の言うことにも一理あるよ。毒かチョコレートかは食べてみなくちゃわからない。そういうことだろ？」

彼はチョコレートを一粒手にとって食べた。

「素晴らしい舞台だったよ、木戸君。今日はこれから、さっきの舞台の魅力についての意見をみんなから聞いてみたいものだ」

場の雰囲気は一気になごやかになった。一瞬の緊張は去ったのだ。

誰もがそう判断した。これは余興の続きだったのだ、と。

ところが――それは間違いだった。

次の瞬間、バスター木戸の顔は、それまで以上に真っ青になった。

そして――突如、走り出した。彼は換気のために開いた縦滑り出し窓へ向かうと、そこに足をかけた。窓は、痩身の彼ならば出られるほど開いていた。

「まずい」

誰が反応するよりも早く、黒猫が走った。

だが、それよりも早いタイミングでバスター木戸は身を乗り出し――落下していったのだった。

室内に無数の叫び声がこだました。

心臓の音が、やけに近くで聞こえた。

気を落ち着けようと、周囲に視線を走らせた。

あてどなく目を彷徨わせていたら、見てしまった。

青ざめて立っている香織夫人の横で、計多剛志が冷たい視線を彼女に送っているのを。

同時に、冷たい外気がふうっと室内に忍び込んでくる。

鳥肌が立った。

やっぱり——霜月は意外に寒いのだ。

3

警察の取調べが長すぎて終電を逃してしまった。

ほかの招待客が車やタクシーで帰ってゆくなか、帰りがけに計多氏がわざわざ黒猫のもとへやってきて言った。

「せっかく来ていただいたのにこんなことになって申し訳ない。電車で来たのかな？」

黒猫はそうです、と答えた。

「私も学生時代はよく電車に乗ったものさ」

なるほど、ここに出入りするような人々は普段から電車などは移動手段に用いないのだろう。黒猫は彼の言葉に微笑んで、「僕も彼女も来春で大学卒業ですが、たぶん今後も電車には乗りますよ」と答えた。

黒猫のシニカルな返しに満足したように計多氏は笑った。

「もしよろしかったら、このままお泊まりいただけないだろうか？　もちろん帰るならタクシー代を出させてもらいたい」

この場所からタクシーを出されたら、阿佐ヶ谷に住む黒猫はともかく、所無住まいのこちらは二万弱はかかるだろう。黒猫にもそのへんの勘定がはたらいたかどうかはわからないが、彼は「わかりました。では、お言葉に甘えて泊まらせていただきます」と答えた。一応、「いいよね」と問われ、戸惑いつつも頷き返した。

入浴後、黒猫のいるゲストルームを覗くと、ソファベッドに寝そべって書物に目を落としたまま黒猫は口を開いた。

「まさかここで夜を明かすことになろうとはね」

「うん。なんか、大変なことになっちゃったね」

部屋に入ってドアを閉める。

「あのお二人は寝たのかな？」

「さっき奥さんは大広間にいたみたいだったけど」

「ふうん」

黒猫は意味深に黙った。

「しょうじき言うとね、あの二人のことが気がかりで残ることにしたんだ」

「え？　計多夫妻のことが？」

「ああ、彼らにしたところで、たぶん今夜という日を二人きりで過ごしたくなかったんだと思うよ」

黒猫はそう言って欠伸をした。

テレビをつけると、深夜のニュースで先ほどのバスター木戸の事件を報じていた。それによると、落ちる直前に、マンションの周囲に植樹された高木の繁みがクッションになって衝撃が弱まったため、全身打撲を負ってはいるが、奇跡的にも命に別状はないようだった。ただし、いまもって意識は不明なままらしい。

「木戸さんはなぜあんなことをしたのかな……」

こちらがそう呟くと、黒猫は本を閉じて起き上がった。

黒猫の白いワイシャツのボタンが、第二ボタンまで開いていた。自宅などでラフな状態でいるときの黒猫のスタイルだ。彼は一度切ったスイッチを入れ直すみたいにして頭を掻いた。そうしていると、退屈しきった猫みたいに見える。

「ほかにも謎はあるよね。整理してみようか？
●なぜ木戸氏はコントを終えた後、あんな奇妙な告白をしたのか。
●なぜ彼は突然飛び降りたのか。
●告白の内容は真実なのか、ジョークなのか。
これらの謎は数珠つながりになっている。だから、どれかひとつがわかればすべてがわかるかもしれない」

「黒猫の言うとおり、コントのあとの変な告白から飛び降りるまでは、大きな流れとして考えられそうだよね」

「そう。彼が毒舌で知られるコメディアンだから、一瞬みんなあの告白をジョークかと思った。でも――」

「奥さんの顔は笑ってなかった」

「そういうこと。ただ、思い返すと、その前も、その後も彼女は表情を顔に出さなかったように思う。もともと喜怒哀楽が顔に出ないタイプなんだろう。彼女を彼女たらしめているのは、口元に浮かぶアルカイックな微笑だけ。まあそれこそが彼女の魅力になってもいるんだろうけどね」

あの微笑で見つめられたら、同性でも少しばかりドキドキしてしまうかもしれない。

「仮に告白が真実だとしたら、なぜ彼はあのタイミングでその話をしなければならなかったんだろうね？」

「……タイミング……」

「それほど難しく考えることはないんじゃないかな。彼は自分から飛び降りたんだから、あれは自殺だ。それ以外の解釈はない」

「うん」

「だとしたら、彼は死ぬ前に秘密を暴露してしまおうと思ったわけだね。言ってみれば、死を選ぶ前に、自らの罪を〈告げ口〉したわけだ」

「でも、変だよね。どうして急に死を決意したんだろう？　前々からあのタイミングで死のうとしていたの？　それにしてはあまりに突飛なタイミングだったし、そもそも自殺に適した場所かどうか調べもしていないなんて計画性がなさ過ぎると思わない？」

「そうだね。まったく君の言うとおりだと思うよ。で、計画されたものじゃないとしたら、どういうことが考えられると思う？」

「計画されたものじゃないとしたら――」

どういうことが考えられるんだろう？

「悩まなくていいんだよ。見えるままで」

「もしかして――あの場で初めて死ぬことを思いついたってこと？」

「たぶんね」

黒猫は、枕元に書物を置いた。

なぜ急に死のうと思ったのか？　ふと、答えを探る思考の途中に、小枝が引っかかっていることに気づいた。

自分の思っていたことを口にする。

「ねえ、さっき黒猫、〈告げ口〉って言ったでしょ？」

「言ったね」

「私、それ聞いて『心臓』って言葉が浮かんできたの」

ほほう、と言って黒猫はニヤリと笑った。何を意味しているのかを理解したのだろう。

「君も日々少しずつ研究漬けになりつつあるってわけだ」

「告げ口心臓」といえば、ポオの短篇の代表作の一つ。〈告げ口〉と聞いてこの作品が浮かばなければ、昨日仕上げた卒業論文の出来をもう一度確認する必要があるだろう。

「ポオの『告げ口心臓』は執筆時期からしても、『黒猫』と双璧をなすポップでスリルな短篇だね。たしか、発表当時も評判はよかった」

「ええ。『告げ口心臓』の成功はその後のポオの活動にも影響を及ぼしたくらいで、大衆作家としての地位を確立するうえでの重要な作品ではあると思う」

「よく調べてるじゃないか」

褒められた。と言っても同学年の人間に褒められている時点で何か問題を感じないではない。

「それゆえに文学的な価値はないと思われがちだ。でも、僕はあのテクストはじゅうぶんに美学的に論じる価値のあるものだと思う」

「私も好きだけど、そこまでの価値があるものなの？」

「『告げ口心臓』を読み解くポイントは、視線にある」

「視線？」

「そう。殺意の動機が、非常に曖昧な話だ。語り手は、老人の〈禿鷹のように淡碧《うすあお》く、薄い膜のかかった眼〉が恐ろしいという理由から殺害を決意する。それは、いわば生きながらにして、死者のように何も映していないかに見えるからだ。つまり、視線の欠落が恐怖につながっている。そして、語り手はドアから顔だけを出して、眠っている老人を監視し、目が開いた瞬間を狙って殺そうと企む」

あの物語は、徹頭徹尾暗い室内で展開される。だから、あの話を思い出そうとすると、真っ暗闇が浮かぶ。そこに佇む禿鷹の眼をした老人の、表情なき相貌を。

「語り手は、いわばラベルと内容の不一致のために恐怖を抱いているんだ」

「ラベルと内容の不一致？」

「生者なのに死者の眼をした老人」

「ああ……」

「そこで語り手は恐怖を取り除くために、ラベルと内容の一致を試みる」

「つまり、殺害するってことね？」

「そう。彼の試みによって老人の死体は家の床下へ。そうして男は心の平安を手に入れる。死は床下に押しやられた。だが、その老人の部屋を身体として捉え、床下を眼の部分と捉えると、どうなるか？」

「床下が——眼？」

「生前の〈老人と老人の眼〉の関係が、そのまま〈部屋と床下の死体〉の関係に置き換えられるんだ。老人の眼も、床下も、そこに死の匂いがたちこめている。対して、老人本体と部屋には、生が宿っている」

「え……でも部屋には誰も……」

「部屋はからっぽじゃないかって？　とんでもない」

黒猫は意地の悪い笑みを浮かべ、ゆっくりとこう言った。

「部屋には、語り手がいる。つまり——語り手こそが新たな部屋の〈心臓〉なんだよ」

「あっ！」

そうか……。だからあのラストは必然なのだ。

ただの恐怖と隣り合わせの滑稽譚ではないのだ。なるべくしてああなっているのだ。

「してみると、あれは、生の形象を描いたものと言えるんじゃないかな」

「形象……」

「死と隣り合わせにあって、死へと移行する瞬間まで鼓動を間断《かんだん》なく鳴らし続ける生の形態を、じつに忠実かつかなりの至近距離で象ってみせた。でもね、これはただの生の形象ではないよ」

「もっと個別の生を描いているってこと？」

「うん。『告げ口心臓』は、〈作者の存在をめぐるテクスト〉だと僕は思う。テクストの書き手として作者は内在しているが、同時にそこには文字しかない。生きていながら、禿鷹の眼をしている、というのは、まさに作品にとっての作者の存在にほかならないんだ。

これは、作者と作品を結びつけた研究から、〈作者の死〉の概念へと至る近代的な道程をすでにポオが意識していたことを意味するだろうね。つまり――このテクストに刻印されているのは、作者の形象なんだよ」

これまで、暗闇しか見えていなかった短篇小説が、べつの様相を呈する。そして、一度その解釈に出会ったあとではそうとしか思えないようなテクスト解体を、黒猫は適当に積み木でも積み上げるみたいに即席でこなしてしまうのだ。

そんな黒猫をとなりで見ていると、やっと卒業論文一つを書き終えて息切れしている自分が情けなく思えてしまった。

「君ってよく僕がこういう話を始めると感心した顔で聞いてるけど、テクスト解体ってのは、研究者にとっては旨味の部分ではあるけど、すべてじゃないってことをお忘れなく」

わかっている。黒猫の語っていることを文章にまとめたところで、論文にはならない。

けれど――。

「研究って、ほとんど身のない部位の小骨を取り除くような地味な作業が九割以上を占めてる。それが実際の研究の世界だ。しかし、対象を見つめる自分の目を信じなければ、小骨取りはいずれただの〈作業〉に変わるだろう。〈作業〉になるか〈仕事〉になるか、この差は大きいよ」

作業か、仕事か。

その差は微々たるものでありながら、決定的に違う。

先日、唐草教授から卒業論文の指導を受けたときのことを思い出した。指摘された点をただ直していると、いつの間にか作業に変わってしまう。自分が論文を書いているという感覚から離れていく。それではいけないのだ。指摘された点について、示された修正案よりもさらにいい回答を自分の目で探さなければ。

まだまだだな……。

ふと溜め息が出そうになる。

「僕が君の得意分野に無礼を承知で土足で踏み込んで解体をやってみせるのはね、君は小骨取りがさほど苦にもならずにできるのに、肝心の自分の目を信じきれていないからなんだ」

いつも黒猫はポオに詳しいなと思って聞いていたけれど、こちらに足りない部分を示唆するためにあえてポオ作品を下敷きにしていたのか。

そんなことも気づかずにただただ感心していたなんて……。

「私って駄目だなぁ」

「そうでもないよ。君のゼミの発表のいくつかは、素材を徹底的に掘り下げることでしか発見できないポイントを指摘していた。その発見はきわめて地味で味気なく眠気を誘うものではあったが、とても有意義な発見だった。ただ、自分の目を信じる強さがなかっただけ」

そんな風に評価されていたとは思わなかった。大抵自分の発表は、やり終えた段階から反省しかしないタチなのだ。しかし――。

「眠気を誘うってどういう意味？」

「まあ、来月提出の卒論は、多少演出にも気を配るといいよ。地味な発見を派手に見せるのも重要なことだ。このへんは君の好きなミステリも同じだよね」

黒猫は、香織夫人の白いバスローブを借りているこちらの身なりに目を走らせた。

「たとえば、君がバスローブの似合う女性だというのは小さな発見だ。でも、それを意外だと見せるには、まず君のふだんの恰好がいかに地味で色気のないものであるのかに触れなければならない、みたいなこと」

「さっきからじみじみじみって……」

「まだ二回しか言ってないよ」

怒ろうかと思っていると、ドアをノックする音がした。

現れたのは——香織夫人だった。

「こちらでポーカーでもご一緒しません?」

黒猫は身を起こして時計を見てから答えた。

「そうですね、では二時までお付き合いします。明日はゼミの発表がありまして」

こちらは慌てて「き、着替えてきます」と言って走って自分の部屋に駆け戻った。

夜が深くなるほどに、体温が逃げていく。

空調は効いているはずなのに、身体が本能的に冬の兆しを敏感に感じ取っている。

廊下に出ながら、まだ見ぬ季節に思いを馳せた。

4

「ポーカーは苦手なんだ。つい無表情になってしまうのでね」

ご機嫌にそう言って、計多氏は慣れた手つきでカードを配った。

今は着物姿ではなく、シャツとデニムというラフなスタイルをしている。さっきのドレスのままで、化粧も落としていない香織夫人とは大違いだ。

「無表情なら、手の内を読まれないから上手ってことじゃないですか？」と尋ねた。

すると、彼はかぶりを振ってこう答えた。

「違うね。ポーカーはいわば身体全体の情報戦だ。うまい人間は全身くまなくこちらを観察している。ところが僕はつねに表情が固まっているから、相手は僕の顔を見る必要がなくなってしまうんだ」

「なるほど。つまり、仕草にさえ注意しておけば、ブラフかどうか見分けることができる、と」と黒猫。

「そういうことだ。君は察しがよさそうだから、今日も負けかな」

黒猫はそれに答える。

「最後にやったのは高校生のときですから、まず無理でしょう。勘が戻らない」

「君たちにとって高校時代なんてつい昨日のことじゃないのかね？」

計多氏は笑いながら五枚ずつ配り終えると、カードを中央に戻す。ディーラーは決めないで中央にカードを置き、各自が時計回りに取っていく形式だ。黒猫が引いたらその左隣にいる香織夫人、次が計多氏、自分は最後だ。

「今日はすまなかったね、もっと楽しい会にするはずだったのに」と計多氏。

黒猫はカードを三枚捨てて、新しいカードを三枚中央から取る。

「いいえ。書道家が実際に文字を書く現場と、コメディアンの最新作が見られただけでじゅうぶんです」

「そうか、君たち美学研究者にとっては、あらゆるものが美的興味の対象なんだな。君なら、あのコントをどんな風に解体する?」

「彼のコントを見るのは初めてでしたが、芸名からも察せられるようにバスター・キートンの影響を受けていますね。あの無表情さは、キートンを髣髴《ほうふつ》とさせます」

「そう、彼はキートンかぶれだ」

「あのコントはきわめて単純な筋をしています。十一時五十九分のあとが十二時ちょうどであるように、先が読めてしまう。ただし、先は読めても過ぎ行く心理的時間の濃密さは見る者を釘付けにする。毒を前にすることで、一人の男の生が炙りだされていましたね。死せる表情の下で、生の形象が浮き彫りになっていた」

その言葉に、ドキリとしながら、カードを三枚捨て、三枚を新たに引く。

生の形象——それはさっき、黒猫が「告げ口心臓」について言及したときに出てきた言葉ではないか。

そもそも「告げ口心臓」の話は何の文脈で出たのだったか……。考えながら自分のカードを見る。クイーンが三枚。今日は日本でよくやるルールに基づいているから「スリーカード」でいいはずだ。残りの二枚を次で換えよう。

黒猫の番。彼は下唇をとんとんと親指で叩きながら、一枚だけチェンジした。

そして——。

「ベット」

今日ベットに使用されるのはマッチ棒だった。一人十本のマッチ棒を持っており、最終的に最も勝った者が、望みを口にすることができる。

「強気だな」と計多氏が言うと、黒猫は「何も考えない人間なんですよ」と答えた。

黒猫の言葉をどう捉えればいいのだろう。考えつつ、自分の手を見る。スリーカード。計多氏と香織夫人がとり、最後に迷った末に揃いではない二枚を両方捨て、新たに二枚とった。クイーンがきた。

思わずにんまりしそうになるのを必死で抑える。だが、その一瞬の表情を黒猫に見られた。彼はニヤリと笑った。黒猫はフォーカードよりも強いカードを持っているだろうか？　さっき一枚だけ換えた。その前は三枚換えていた。最初から換えていない二枚がペアだった場合、二度目でツーペア、三度目でフルハウスになったということも考えられる。またはフォーカードか。あの自信たっぷりな様子ならストレートやフラッシュ程度ではないはず。あとは、ストレートフラッシュやロイヤルストレートフラッシュの可能性だが、それはほとんど奇跡に近いだろう。まさか、その「奇跡」をつかんだのだろうか？

あれこれ思案していると、黒猫は一気に五本を賭けた。乗るか、降りるか。降りる場合は一本渡せば済む。だが、ここで乗らないわけにはいかない。なにしろ自分はフォーカードなのだ。だが、黒猫の微笑を見て、考えが変わった。

ほかの二人と同様降りることにした。

それを見て、黒猫がゆっくりと札を見せた。

黒猫は――ノーペアだった。

「参ったね、こりゃあ。君の微笑に騙された」と計多氏。

こちらはフォーカードを見せながら黒猫を睨みつける。

「君の恋人は手ごわいな」と計多氏に言われた。

「わ、私はあの……」

「彼女は恋人ではありませんよ」

「なるほど。それを聞いて僕の今日の目標ができたよ」

「え？」

「賭けに勝ったときさ」

「どういうことですか？」

計多氏はこちらをまっすぐに見つめて言った。

「もし僕か香織のどちらかが勝ったら、君の背中に文字を書かせてくれないか？　今度の個展でその写真を展示したい」

「そんな……あの……困ります！」

「おやおや。降りるのかい？　そうなると、私の楽しみはだいぶ減ってしまうが」

そんなのは知ったことではない。ムッとしていると、黒猫が言った。

「いいでしょう。それじゃあ、僕か彼女が勝ったら、今日のバスター木戸氏の事件について、あなたの知っているところを包み隠さずにお答えいただきます。もちろん、警察が踏み込まないような細部にいたるまで」

計多氏は、表情の読みにくい顔で黒猫を見返した。それから、右耳を掻きながら答えた。

「いいだろう。約束しよう。さあ、次のゲームを始めようじゃないか」

厄介なことになった。黒猫を睨みつける。

だが──黒猫はもうこちらを見てもいなかった。

5

それからは計多氏が三回連続で勝ち、四回目は香織夫人が制した。

「香織はこう見えて勝負師なのさ」と計多氏は言った。「ブラフに見えてブラフでなく、またその逆もある。今のところ、彼女の全身を隈なく見ても彼女の嘘を見分けるポイントは見つかっていない」

「なるほど。しかし、ご夫婦だけがわかるポイントのようなものがさすがにおありなんじゃないですか?」

「それが、さっぱりなんだよ。我々はよく木戸と三人でポーカーに興じるんだが、木戸と彼女がいつも勝つ。私は二人に負けっぱなしだった。あまりひねくれてないから駄目なんだ」

「そうでしょうか? あなたの書からは、丁寧なしたたかさを感じます。単に無表情なわけではなく、底意地の悪さみたいなものが見え隠れするんです。人を落ち着かせるのではなく、むしろ殴りにかかるような。そういう意味では、あなたの書はバスター木戸氏の笑いよりも毒をはらんでいると言えるでしょうね」

「ほう。まだほとんど初対面に近い君にそこまで読まれてしまうとはね」

「会った回数は関係ありません。私はあなたの書を知っている。それだけのことです。その証拠に、香織さんのことは何もわかりません」

黒猫は笑った。

「ベット」

香織夫人は、さっきからまったく変わらぬ微笑を湛えている。

「奥さんはまるで絵画のようですね。仕草も表情もほとんど変わらず、ブラフかどうかを見分けるポイントが夫にもわからないとは」

黒猫はマッチ棒八本をすべて賭けた。

「自信はありませんが、ここで勝たないと僕は後がない。心理戦は苦手です」

こちらはすでに六本だから降りるしかない。計多氏は勝負から降りた。計多氏はこれで一つ失い十八を残すことになる。夫人は、さっきの一度の勝ちでようやく八に戻ったところだ。

どう出るのだろう、と思っていると、夫人はしばらく黒猫を見据えた末にすべてを賭けるほうへ出た。

カードをオープンにする。

黒猫のカードは、ツーペア。なぜ彼があんな強気な勝負に出たのかどうにも解せない。

続いて香織夫人が、カードをめくった。

同じくツーペア。だが、夫人のツーペアが2と5なのに対して、黒猫のツーペアはエースとジャックだ。黒猫は辛うじて勝ちを手にしたのだった。

「負けたわ。どうしてわかったの？」

「表情も変わらず仕草もほとんど変わりません。ただ一点のみを除いて」

「一点？ どういうことかしら？」

「視線です。あなたはいいカードを持っているときは、自身のカードしか見ないのに、あまりいい手ではないときは、ほんの刹那、周囲に視線を走らせる。さっきの一回の勝ちによって、あなたのパターンが見えたので助かりました。視線は命とりになりますね」

これで黒猫は十六。計多氏は十八。

そのとき――黒猫が提案した。

「そろそろ二時になります。ですから、次の勝負で決着をつけませんか？」

「いいだろう」と計多氏。「約束は忘れていないだろうね？」

「僕ではなく彼女に確認したほうが」と黒猫。

この薄情者。

忘れました、と言いたいところだが、それではせっかくの賭けが成立しない。ここは黒猫を信じるほかない。

「約束は守ります」と答えた。

背中に墨で濡れた筆がぬらりと伝うところなど、想像するだけで身の毛がよだつ。でも、同時に黒猫に賭けに勝ってもらって真相を知りたいという気持ちが強かった。

最後の一戦に向けて、黒猫はカードを切り始めた。

そして、計多氏と自分に五枚ずつカードを配った。

計多氏は一度背もたれに寄りかかってから、再び身体を起こし、黒猫を見やった。

黒猫は——なぜかカードをテーブルに裏返しのまま並べ、捲《めく》って数字を確かめようとさえしなかった。

「おい、黒猫クン、いくらなんでもそりゃあ無茶だ。カードは見たほうがいい」

「見ると顔に出てしまうでしょう？　顔に出なくても、仕草に出る。仕草に出ずとも、視線に出てしまう」

香織夫人が微かに俯き加減になった。

「だからね、いちばん潔い戦い方は、自分の手のうちを自分自身が見ないことなんですよ」

「ば、馬鹿な……」

同感だった。それはあまりに無謀というものだ。

「一枚だけでも見たほうがいいんじゃないの？」

おずおずとそう意見してみた。負けたら、いやな目に遭うのはこっちなのだ。わかっているのだろうか？

黒猫は、じっと計多氏の動きだけを観察していた。

計多氏は腹を決めたようにして五枚すべてを捨て、五枚を引き直した。

「言っておくが、こんなものは心理戦ですらないよ。たとえ君が勝っても、それは運だ。

そうだろう？」

「そうでしょうか？」

「……そうだろう」

「僕はいま、確信しましたよ。僕が勝ちます」

計多氏の持ち札がわかるはずがない。それなのに黒猫のこの自信は何なのだ？

二人が同時にオープンする。

計多氏のカードは……3と5のツーペア。運がいい。五枚入れ替えてツーペアになる確率なんてそうあることではない。いいカードではないが、カードを見もしない相手にはこれでもちょうどいいと踏んだに違いない。

しかし、黒猫のカードを見るに及び、誰もが閉口した。

「スリーカード」

6が三枚並んでいる。

「な、何か、配るときにインチキでもしたんじゃないのか？」

計多氏はそう問いかけた。

「いいえ。スリーカードが出る確率は四十七回に一回。ですが、僕がツーペアのあなたに勝つ確率は実際にはもっと高い。3と5より大きなツーペアなら勝てるわけですからね。だから、僕がカードも見ずに勝ったとしてもさほど不思議ではないんです。それに、二つだけ知っていれば勝敗の行方はわかるんです。自分が運に味方されていること、そしてあなたがいいカードを持っていないこと」

「なぜ……それを」

「書道と同じですよ。姿勢が乱れると書体が乱れます。あなたは気を落ち着けるためか、手があまりよくないときは一度背もたれに寄りかかって猫背になるのですよ」

　黒猫はそれからワインをゆっくりと口に運んだ。

「では、約束どおり私の質問にお答えいただきます。と言っても、あまり尋ねることは多くありません」

「わかった。約束だからな。始めてくれ」

　しぶしぶといった具合で計多氏は煙草をくわえながら言った。

「その前に、今後の参考のためにもうひとつお教えしておきたいことが。あなたはブラフのとき、耳に手をやるんです」

「なんだって？　私は今日、ブラフなど……」

「ええ。今日のポーカーではブラフはやっていません。でも、賭け事の話を持ち出したとき、気づかないうちにあなたは右耳を掻いたのです。つまり、賭けに負けても本当のことを言う気がないのに『約束しよう』と嘘をついて賭けに乗ったのです」

「……たまたまじゃないかな。それに、君に事件のことで嘘をつくつもりなんかないよ」

「それは何とも言えませんね。ただ、僕はあなたが耳を掻くシーンを以前にどこかで見たような気がしたんです。どこだっただろう？　それで、やっと思い出しました。チョコレートを最初にバスター木戸氏に渡したときです。あの時、あなたは自分のほうに髑髏マークを向け、相手にチョコレートのマークを向けて渡しながら、右耳を掻いていた」

「それがどうしたんだ？」

「あなたは、たぶん自分でも無意識でそうするのでしょう。しかし、気づいていないのはあなただけだったのかもしれません。そうですよね、香織さん？」

香織夫人は、口元の微笑を消した。

「あなたも、それからバスター木戸さんも、彼のこのサインを知っていた。だから、このときのチョコレートが偽物であることがわかっていた」

「……ええ、わかっていました」

彼女は、微笑を消し、目を閉じたまま答えた。

「そうか。バレていたわけか」

不敵な笑みを浮かべて計多氏は言った。

まさか――。

一瞬、脳裏に恐ろしい想像がよぎった。

「でも、べつに毒を入れたわけじゃないんだ。ほんの冗談さ。糖分を一切入れず、カカオとコーヒーだけで作った。あとテキーラを少し。それだけのことだ」

「なるほど」と黒猫は言って一拍置き、ワインを手にし、その赤い液体を目の高さまで掲げて揺らしながら続ける。

「それを口に入れるまでの木戸さんの緊張感はどれほどのものだったのでしょうね。香織さんにお聞きしましょう。あなたと木戸さんの関係に、ご主人はいつ頃から気づいていたかご存知ですか？」

香織夫人は、しばらくじっと黒猫の目を見つめて黙っていた。が、やがて目の前のグラスに注がれた赤ワインを一気に飲み干し、口火を切った。

「……わかりませんが、結婚後はもう開かないだろうと口にしていた〈象の夜会〉を急に開くことにしたときの、彼の目がいつになく恐ろしかったのを覚えています」

「それについて、木戸さんと話をしたことは？」

「一度だけ。彼もこの人が何か企んでいるんじゃないか、とは言っていました。特に、コントのなかでチョコレートを使うという制約を課されたときは」

ふむ、と黒猫は言って黙った。

突然、ドンと計多氏がテーブルを叩いた。

「馬鹿馬鹿しい。私が何を企むって言うんだ！」

「ええ、実際にあなたが企んでいたのは、コント用に彼が用意したチョコレートの中身を無糖のものと入れ替えただけです。問題は、木戸さんがどう捉えたか、ということです。彼は、それを毒入りだと考えた。それでも、あのコントの最中では食べざるをえなかった。それに、さすがに本当に毒を仕込むかどうか半信半疑だったでしょうから」

「まあ、実際に違ったわけだからな」と計多氏。

「でも、食べた瞬間はどう思ったのでしょうね？　思いもしない味がしたわけですよね？」

無糖の、しかもテキーラの混じったチョコレートを知らずに食べたら、どう感じるだろう？　それも、直前に自分たちの浮気を知った男が渡してきたのだとしたら……。

「つまり、彼は毒を混ぜられた、と確信したのではないでしょうか？」

「そんなことあるわけが……」

「コントのなかで、チョコレートを食べるか迷っている最中に、彼の視点がずっとある一点に集中していることに、僕は気づいていました。それはね、あなたの顔だったんです」

「……」

「あなたのほうを見ると、あなたは彼をじっと睨みつけていた。とてもコントを楽しんでいる顔ではなかった。その結果、バスター木戸は罪の意識によるものか、無糖のチョコレートを毒と誤認し、自分の死を覚悟した。だから、死ぬ前にすべてをぶちまけてしまおうと思ったわけです。この男に殺されるのだから、最後に恥をかかせてやる、と」

「愚かな男だ。コメディを演じるあまり、変な誤解をして自分の人生をコメディそのものにしてしまうなんてね」

冷淡に吐き捨てるように言う計多氏に対して、黒猫はそれよりもずっと温度の低い眼差しを向けていた。

「べつな見方もできますよ。ある男の巧妙な計略に引っ掛けられた哀れな男だ、と」

「だから、私の企みなど……」

「〈象〉の字と同じですよ。字はひとつですが、意味は一つではない。あなたの小さな企みは、バスター木戸という動作の担い手を得ることによって、じつに奇妙に動き出した。そして、あなたはさらに彼の錯乱に追い討ちをかけた。彼が毒と信じていたものをあっさりとその場で食べてみせたのです」

あのとき――。

計多氏は木戸氏の話に割って入り、あの箱から自分も一つ取り出して食べて見せたのだ。

「あなたのそのさりげない行動によって、彼の脳内は激しい混乱に見舞われた。不一致が起こったのです。彼は全身で自分の死を意識した。それなのに、目の前に突如生の光が燦然と輝き始めた」

生と死の不一致――「告げ口心臓」のテーマが、ここに絡むのか。

禿鷹の眼。

ただし、現実の世界では、眼の持ち主は自分自身だった。だから、死を選ばねばならなかったのだ。

「それは恐怖でしかなかったのです。彼は死を覚悟したからこそ重大な暴露をしてしまったのに、自分の死が幻と消えたわけですから。その恐ろしい不一致を解消するためには、死を選ぶしかなかった。彼にとって香織夫人との恋を告白することは、死と引き換えにするだけの価値があることだったのです」

黒猫は一呼吸おいてから、計多氏を見つめた。

「あなたは、書道に対するご自身の姿勢と同様、じつに自然でしなやかにひとつの小さな企みを遂行した。こういうのを、ミステリではプロバビリティの犯罪と言います。あなたが罪に問われることはないでしょうが、問われない罪ほど不幸なものもない」

「黒猫クン――もう寝たほうがいいのではないかね？　二時をとうに過ぎている」

計多氏は口元は笑っているが、目は笑っていなかった。

それ以上しゃべるな――そう警告しているのだ。

しかし、黒猫は黙る気配がなかった。

「意味を読み取ろうとする行為を放棄された形象ほど惨めなものはありませんね。あなたは彼女の真意を一度でも彼女に直接確かめたことがありますか？」

「彼女の真意だって？」

「形象はひとつでも意味はひとつではない。そんなことも忘れてしまっているとしたら、書道家としてのあなたの将来は暗いでしょう」

冷たく突き放すような口調に、計多氏は青ざめた。

黒猫は、立ち上がった。

「書道家の人生もまた書道のようでなくては」

そこでふっと表情を穏やかにし、香織夫人のほうを向く。

「予定を変更します。ちょっとばかりファミリーレストランのパフェが恋しくなりましてね」

それからこちらに「行こう」と言った。

「〈過ち〉は〈過ぎたこと〉です。どんな未来を選び取るべきなのか、まずは仮面を外して向かい合ってみることをお勧めしますよ」

黒猫は振り返らなかった。

部屋に残された二人は沈黙していた。

出て行く黒猫を慌てて追いかけた。

ドアを開けると、ホテルを思わせる幅のゆったりした内廊下に出る。

「こんな夜中でも共用部に暖房を入れてるんだな」

黒猫はそう呆れたように言いながらエレベータまで歩きだす。

「ねえ、どうやってスリーカード出したの?」

種明かしを求めて背後から尋ねた。

考えてもみれば、黒猫が無謀な賭けに出るわけがないのだ。彼には何らかの算段が最初からあって、だからこそこちらの身を危険に晒すような賭けに出たのだろう。

「どうやってって……そんなのカードに聞けよ」

「え?」

我が耳を疑った。

「あのう、えーと、それって……つまり?」

「運だよ。ポーカーなんてちょっと小難しいジャンケンみたいなものなんだから。ただ、五枚全部変えたから、初回のカードは外れだったんだろう。それを考えて、確率的にせいぜいツーペアかワンペアだろうとは思ったけどね」

「……もう怒った!」

「ん? なぜ怒る?」

「私の身が危なかったってことでしょ?」

「身が危ない? なんで? だって負けたってアートの一部になるだけじゃないか」

「あのね……」

駄目だこれは。頭を振り振り黒猫より先にエレベータに乗り込む。後から乗ってきた黒猫は、こちらの様子を一瞬うかがってから押し黙っている。冷静ななかにちょっと気まずさを感じているようでかわいい。でも笑うまい。いまは怒っているんだから。

と、思っていると、黒猫が一階のボタンを押しながら口を開いた。

「ごめん」

「え？」

「勝手に賭けたりして」

「……いいよ」

「負けたらそれはそれでちょっと見てみたいかなって思ったんだ」

「……は？」

「ボディアートってなかなかじかに見る機会がないからね」

「もう知らない！　一人で帰ってちょうだい！」

「なんだよ、謝ったじゃないか」

「全然認めません！」

怒って外に飛び出すと、冷たい夜風が頬を撫でた。まだ、微かに髪が乾いておらず、くしゃみが出た。

やっぱりコートを着てきてもよかったんじゃないか。しつこくもそんな思いがよぎる。

黒猫がスーツを脱いで肩にかけてくれる。

「……コーヒーおごってくれるならついてく」

「パフェならおごる」

「……いいよ。じゃあパフェとコーヒー」

「品目が増えたね」

「いいでしょ、それくらいのことは」

はいはい、と適当に受け流して黒猫は歩き出す。

満月を見上げながら、呟いた。

「それにしても——結局彼女はどっちを愛してたのかな……」

答えのない問いだ。

「決まってるじゃないか」と黒猫は言った。

「え？」

意外な返答に思わず声を上げてしまう。が、黒猫は淡々と続ける。

「香織夫人は事態に気づいていたのに、木戸氏を助けようとしなかった。それどころか傍観を決め込んでいたんだ」

どうして止めなかったのだろう？

彼女は夫の企みに気づいていた。ということは、突然木戸氏があんな告白を始めた理由もわかっていたのだろう。それなのに、その先に起こるはずの事態を放置した。

なぜ？

「問題は、彼女にとって木戸氏との浮気にどんな意味があったかってことだと思う」

「浮気の意味……？」

「売れっ子の書道家は忙しい。だが、週のほとんど家を空けているのには、もしかしたら仕事以外にも何か理由があったのかもしれない」

「何かって？」

「さあね」

惚《とぼ》け方に、含みを感じた。仕事以外――計多氏にもほかに愛人のような人がいたのだろうか？

「いずれにせよ、香織夫人の身になって考えれば、寂しかったんだろうな。だから、計多氏が殺意を抱くくらい嫉妬してくれて、嬉しかったに違いないよ。そうでなきゃ、もっと取り乱してるさ。あんな穏やかにポーカーに興じたりするものか」

最初に香織夫人を見たときの印象を思い出した。彼女の目元に感じた疲労感――あれは、彼女の孤独を示していたのではないか。

結婚はしたものの、来る日も来る日も広い自宅に一人で残され、帰ってくれれば眠りについてしまう夫との関係に不安と寂しさを抱いていたのだ。

「その意味では、今回の事件は香織夫人の寂しさが引き起こした騒動だったとも言えるのさ」

黒猫は、一度だけアルファヴィル目黒を見上げた。

「大人の世界もいろいろ大変なんだね」

そう感想を漏らすと、黒猫は謳うように言った。

「愛も研究と同じで深入りするほど厄介なのさ。でも、もちろん奥深くまで行かなければわからない楽しさもある」

卒論に自分の考えはすべて書いた。でもそれで終わりではない。まだスタートラインが見えただけで、走り出してすらない。そんな自分に、研究の何が語れるわけでもない。

愛の問題も――似たようなものなのかもしれない。

「まあ、とにかく、木戸氏が無事なようで何よりだよ」

「うん……そうだね」

それから、黒猫はふっと苦笑まじりに言った。

「計多氏が気づいているといいな、彼女が無言のうちに出していたSOSに」

アルカイックな微笑を浮かべた、表情の読めない香織夫人。

それは、文字のもつ神秘にも似ている。

あるいは、動きだけで示されるコントにも。

でも、そこに告げ口したがっている鼓動がある。

どんな目に見える現象も、心のベクトルひとつでまるで意味は変わってくるのだ。

黒猫はぐんと伸びをする。

「あーそれにしても、惜しいことをした。賭けに負ければよかった」

「コロシマスヨ」

自分の声に棘《とげ》はなかった。

先月の祖母の施設で遭遇した事件以来、心のどこかで黒猫をそれまでと違う風に意識している自分がいる。

黒猫は来年パリに留学するつもりだと言った。確定ではないけれど、もしかしたら、黒猫とこうしていられるのはあと数ヵ月のことかもしれないのだ。

彼がいなくなったら、どんなことを自分は思うのだろう？

わからない。いなくなってみなくちゃ……。

「本当に久々に月を見た気がするなあ」黒猫は、彼にしては珍しく気の抜けたコーラのような声でそう言った。「たまには顔を上げないとね」

「え？」

「考えてわからないことは月に聞く。計多氏と香織夫人も、こうやって二人でたまには散歩でもすればいいのさ。すべてを言葉にするばかりがコミュニケーションじゃないんだから」

満月は知っているのだろうか？

今宵、このレジデンスで下された、恋人たちの瞬間の決断を。

一陣の風が吹く。でも、黒いスーツに包まれていると、まだコートなしでしばらくはやり過ごせそうな気がしてきた。

十一月の夜空に、満月は誰を告げ口することもなく、ただ燦然と輝いていた。

第六話　最期の一壜

■アモンティラードの酒樽

The Cask of Amontillado, 1846

語り手はフォルトゥナートの侮辱が許せず、復讐することを誓う。フォルトゥナートという男は尊敬され、恐れられてすらいる人物だった。だがたった一つだけ、ワイン通ぶるという欠点があり、語り手はこの欠点を利用しようと企んだ。

謝肉祭の日、フォルトゥナートと会った語り手は、おもむろに「アモンティラード（スペイン南東部産の高級シェリー酒）の大樽が手に入った」と彼に話し出す。アモンティラードを味見してみたいフォルトゥナートは、語り手とともに、語り手が属するモントレゾール家の地下墓地に辿りつく。言葉巧みにメドック（ワイン）を呑まされ、酔いがまわったフォルトゥナートはさらに穴倉の奥深くへと誘導されていき……。

本篇では「アモンティラードの酒樽」の核心部分に触れています。

1

クリスマスも過ぎ、道行く人々がコートの襟を立てて北風のささやきに耳をふさぐ季節がやってきた。

連日徹夜してどうにかこうにか仕上げた卒業論文を事務室に提出した冬休み前日。

白い溜め息がもわっと口から飛び出したのは、なにも大仕事を終えて肩の荷が下りたからばかりではなかった。つくつもりはないのに、いつの間にか溜め息をついているのだ。

「恋に苦しむ乙女か」

何度目かの溜め息のあと、安藤《あんどう》教授にそう言われてドキッとした。

「え……え？」

「いいじゃないか。苦しみこそ恋の楽しみだ」

安藤教授は楽しそうに笑った。

教授控室は暖房が壊れているのか、外より寒いんじゃないかと思うほど冷え切っていた。

ここに来たのは、卒論を無事提出した報告のためだった。ところが、当の唐草教授は人の顔を見るなり「ちょうどよかった」とロンドンの教授に出す長文メールの送信代行を頼み、にっこり笑って講義に行ってしまわれた。

仕方なく押しつけられた雑務をこなしていたところを、安藤教授に話しかけられたのだった。学生が教授控室にいると、必ず教授陣は話しかけてくる。基本的に人好きな生き物で、そうでなくては務まらないところもあるのだろう。

安藤教授は、アンリ・ド・レニエ研究が専門だが、十九世紀の詩学全般に造詣が深いことで知られている。今年で六十歳になるのに、五十歳でも通りそうなキリリとした顔立ちがダンディだと学内の女学生からもまだまだ人気が高い。最近になって蓄え始めた口髭はいただけないものの、白髪交じりのリーゼントは、黒髪のそれより気品がある。ただし、いつも不機嫌そうな顔をしているので、近寄りがたい存在でもあるのだけれど。

「いえ、その、年の瀬だなあ、と思いまして……あはは」

「若いうちは深く恋して、愛という亡霊を探せばいいのさ」

安藤教授は、それまで作業していた書類とともに万年筆を鞄にしまい、机上にある朱い漆《うるし》塗りのインク壺に蓋をした。

「あの……ですから」

「女性ってね、恋をすると目が変わるからすぐわかる。わかりやすい生き物だよ」

「……そんなものですか」

まるでこっちの言い分は聞いてもらえそうにない。

十日前、黒猫と二人で歩いているときに、留学が正式に決まったと打ち明けられた。彼の話によれば、パリにある大学の学長で、美学界でも高名なラテスト教授から唐草教授に有望な学生の留学打診があり、教授は黒猫を推薦したらしい。

——留学、やっぱりホントにするんだ……。

——ラテスト教授の講義をじかに受けるのは、百冊の文献を読み漁るより有意義だからね。

いよいよ行ってしまうのだ。ラテスト教授といえば、デリダやレヴィ＝ストロースと並んで現代思想の一大潮流を成す巨匠。そんな伝説的な存在の生レクチャーを拝聴するのは黄金の経験に違いない。

それに、黒猫が留学を計画していることは夏頃にすでに聞かされてはいたのだ。

——よかったね。どれくらい？

——二年。

——二年か……。

「はあ……あっ」

いけない。また溜め息が……。気づくと、安藤教授が笑っている。

「何にせよ、恋の対象がそこにあるうちは、遠慮なく向かっていけばいいさ」

「いや、あの、恋というかですね……」

「私は先週、長年恋焦がれていた女性と死に別れてね」

「え？」

聞き捨てならない。

恋の話はワインと同じで、年季が入ったものにこそ耳を傾けてみたくなるものだ。

「美酒に殺されてしまったのさ」

「美酒に殺された？」

まさかこんなところで殺人事件が話題に出ようとは思わなかった。しかも殺されたのは安藤教授の想い人だという。一気に食指が動き出す。

「聞きたいかね？」

状況的にも、はい、という返事以外が出てくるはずもなかった。安藤教授はキャスター付きの椅子に座ったまま移動し、こちらにわずかに近づき、秘密でも打ち明けるように、対象を失った恋について語り始めた。

2

安藤教授が彼女に出会ったのは、そうとう古く、小学校六年の頃にまで遡る。当時、安藤少年の通っていたF県の小学校に、東京から転校生がやってきた。

それが、彼女、福沢芙美《ふくざわふみ》だった。

芙美は都会から来たとは思えぬ——むしろ女の子とは思えぬ——やんちゃな性格で、男女問わず慕われた。しかし、一方でどこかエキセントリックで孤独な部分をつねに抱えていて、親友と呼べる存在もいなかった。それまで転校を何度も繰り返していたことも、彼女の性格の形成に影響していたのかもしれない。

芙美に一目惚れした安藤教授は、中学の三年間彼女を思い続け、別々の高校に進学してからも、適当な理由をつけては彼女の家に遊びに行った。

けれど、それでも二人が男女の仲に発展することはなかった。芙美には、異性のアプローチを受け付けないようなオーラがつねに漂っていたのだ。仕方なく、安藤教授は友情の下火を保ちながらチャンスを待った。

彼女が東京の大学に進学すると聞きつけると、安藤教授も中国地方の国立大の推薦を蹴って東京の私立大学へ進学を決意した。そして、見事試験に合格し、それぞれに大都会での暮らしをスタートさせた。

上京後も、二人は何かにつけて顔を合わせた。安藤教授はその頃から、何度か酒の勢いを借りては、彼女に交際を迫っている。だが、そのたびに彼女は笑って受け流した。小学校時代から変わらぬ男勝りな調子で。

――消耗したくないんだ、お前を。

安藤教授には、彼女の言う〈消耗〉の意味がわからなかった。「僕は君と付き合っても消耗などされない」と言っても、彼女は頑なに首を横に振るばかりだった。

合計六度目の告白のあと、芙美はクラブで知り合ったギタ―リストと恋に落ちた、と告白した。それを聞いて、ショックを受けた安藤教授は、半ば自棄のように恋人を作った。そして、芙美が恋人と別れた頃には、安藤教授は一度目の結婚にすでに踏み切っていた。

安藤教授はこれまでに三度結婚をし、いずれも離婚している。しかし、その間も相変わらず芙美との、酒を酌み交わす関係だけはずっと守られてきたのだという。

「だが、それもとうとうピリオドを迎えたよ」

先週、安藤教授は唐突に芙美の死を知った。死因は肝臓癌。ずっと前に本人から癌のことは知らされていたが、いささか進行が早すぎた。

「バー通いをやめなかったのが悪いのさ」

そこからなぜか安藤教授の口調は恨み節に変調した。

「『バーテンがとっておきのを用意してくれるから』って言ってね」

　ジャズバー『ファタール』といえば、それほど居酒屋に詳しくない身でも名前くらいは知っている。なんでも、珍酒、名酒が揃っているだけではなく、店主がその人の味覚にぴったりと合った酒を出せる伝説のバーテンダーらしく、テレビで以前特集されていたのを見た記憶があった。

　どうやら安藤教授は、そのバーテンダーが発病後も彼女に酒を出し続けていたことを怒っているようだ。

「彼女が肝臓癌だって知らなかったんじゃないですか？」

「それはないな」

「なぜですか？」

「君、歌手のマグノリア・フミって知らない？」

　知らないわけがない。日本のジャズシーンのトップに君臨する大御所シンガーではないか。たしかブルーノートでも大成功を収めている。

「あれが、芙美なんだ」

「え！」

　それまで聞いてきた福沢芙美のイメージと、きらびやかなワンピース姿で黒人シンガーさながらの嗄《しゃが》れ声を披露する姿がうまく結びつかない。

　そうか、あの人、亡くなったんだ……。

卒論にかまけていて訃報を聞き逃していた。

しかし、そう言われてハッとする。

「そう言えば、去年記者会見を開いて……」

「そう。肝臓癌のことは世間に公表している。バーテンダーも店の常連の近況くらい知らないわけがないんだ。いくら彼女が酒好きだって、少しは身体を思いやる神経ってものがあったっていい。それなのにあの男ときたら、堂々と葬式にまで来やがって。ふてぶてしいったらないよ」

安藤教授は悔しさに言葉を詰まらせる。

「まるで死神さ。芙美はうまい酒に目がない。葡萄酒となればフランスまで行って幻の名品とやらを入手するくらいだった。夜毎彼女の前になかなか手に入らないような名酒をちらつかせれば、死期を早めるのはわけないことだよ」

「でも、バーテンダーと客の関係で、なぜそんなことを？」

「ただの店主と客の間柄ならもちろんそんなことはするまい。でも、『ファタール』の店主は、芙美に恨みをもつじゅうぶんな動機があるんだな」

動機、とはまた大仰な言葉が出てきたぞ、と不謹慎にも思わず腰を浮かせてワクワクしてしまう。

「そこのバーテンダーは、芙美が東京の小学校にいた頃のクラスメイトなんだ。これは芙美が僕に話してくれたんだが、彼女は転校する直前まで、そのバーテンダーのことをいじめていたらしい」

いじめ、という言葉がそれまで聞いてきた男女問わず慕われていたイメージから乖離している気がして、首を捻っていると、安藤は「あくまで本人談だから、どういういじめかは知らないよ」と付け加えた。

しかし――人間は、そんなことで復讐するだろうか？

「問題は彼女の転校後さ。小中一貫校で、芙美が転校してから中学三年までそのいじめは続いたそうなんだよ」

「中学卒業まで……」

自分と安藤教授の時代ではいろいろと事情も異なりそうだが、それでもいじめられる期間としては長い。

「天国にいるには短いかもしれないが、地獄にいるには長すぎる時間だ。やった側は簡単に忘れるが、やられた側は忘れない。芙美は『昔いじめてた奴に再会してさぁ』なんて暢気に言っていたけどね、そのバーテンダーのほうでは違ったかもしれんよ。いや、違っていたのさ」

安藤教授の言葉の先を想像してみる。

再会したバーテンダーは芙美さんを見た瞬間、しめた、と思う。そして、もうすべて水に流したふりをして近づき、自分の店を教える。いや、あるいは酒好きな彼女のことだから、バーで出会ったという線もあるかもしれない。いずれにせよ、バーテンダーは虎視《こし》眈々《たんたん》と……。

と、そこまで考えて、もっと恐ろしい可能性もあることに気づく。でも、それはさすがに安藤教授の前では言えない。

などと考えていると、ドアが開いた。

「いつも思うんですが、教授控室はもうちょっとストーブを効かさないと。高齢の方々ばかりですから死人でも出たらことですよ」

入ってきたのは黒猫だった。

「ずいぶんだね」

苦笑いで安藤教授。

「もうちょっと言い方ってもんがあるでしょ！」

一応同期としては忠告しないわけにはいかない。

「あ、いたの？　ここ教室じゃないよ」

失礼な。それぐらいわかっている。

「私だってここに用があることはあるんです」

「ふうん」

黒猫はそう言って安藤教授とこちらを交互に見返す。

「珍しい組み合せですね。チーズと団子みたいな」

誰が団子だ。

「私もこういうキュートなガールフレンドがほしいものだね」

安藤教授は本気とも冗談ともつかぬ調子で言う。

「まあ、そんなわけで、年寄りの冴えない恋語りは、安手の酒のごとき苦渋に満ちたフィナーレさ。されど人生は続くってね」

安藤教授は笑いながらゆっくり腰を上げると、デスクの上の煙草とライターを手にもって出て行く。喫煙所にでも行ったのだろう。

そして——黒猫と目が合った。

ほんの数秒。慌てて目を逸らす。さっきの微かな感傷の痕跡が、まだ顔に残っている気がしたのだ。

「今日で学校も終わりだ。飲みにでも行かないか？」

ためらう理由などない。何の用事もないし、そもそも返事は一つと決まっている。ただ、何となくよそよそしい気分が抜けない。

「それに、何か気にかかることがあるようだし」

どうやら年貢の納め時である。

「どこで飲もうか。何かリクエスト、ある？」と黒猫。

「それじゃあ……」

この流れで、この店の名前を出さないほうがどうかしている。

ジャズバー『ファタール』。

その名を聞いて、黒猫がニヤリとした。

「年末の締めを名酒で、か。いいね」

3

「なるほどね」

新宿へ向かう電車で安藤教授から聞いた一部始終を話してしまう。

「君はどうせ『アモンティラードの酒樽』でも連想していたんだろう？」

「う……どうしてそれを……！」

ここまで心を読まれてはぐうの音も出ない。

「安藤教授の話には酒が絡んでいた。しかもその酒がマグノリア・フミの死期を早めたと安藤教授は言う。ポオを研究している君は、美酒の名前で友人をおびき寄せ、復讐を果たす男の物語が浮かぶ。水が川下へ流れるがごとき自然の法則だね」

「うむ」

「美酒に絡んだ殺人の物語は古今東西いろいろあってどれも面白いけど、美酒に限らず食が絡むテクストでは作中人物が感性をむき出しにすることが多い。読む側も味覚に基づく感性が研ぎ澄まされるから、作中人物の感性の動きに敏感になるんだろうね。実は、ここに美学上の問題を見ることもできるんだ」

「美学上の問題？」

「たとえば現代の美学の基礎は、アリストテレスが提唱した感性的知覚に拠《よ》っている。つまり、我々は感性抜きには美を判断することができないってわけ。美学は感性という主観を省察することで成立する学問なんだよ。って、それくらい美学科の学生ならわかるか」

――馬鹿にしているのだろうか。

「さて、ここで問題が生じる。現代に至るまで、美学が感性の基盤として認めていないのが味覚、嗅覚、触覚の三つだ。この三つは、主観とあまりに強く結びついているために下級感覚といわれている。ところが、たとえば料理などが美学として認められなくとも、絵画のなかで『最後の晩餐』が描かれるのは許される」

「だってそれは絵画だもの。視覚芸術だから……」

「はたしてそうかな？」

黒猫は意味ありげに笑う。

『最後の晩餐』を見るとき、我々の体験は純粋に視覚だけによるものではないだろうね。生活における五感の記憶が絵画体験を豊かにもするだろう。つまり、美的体験においては、その感性のなかに味覚も認められていることになる。隠された味覚の刺激は鑑賞者とテクストの双方に作用して芸術体験を高めてゆくんだ」

「たしかに、食を題材にしたミステリって繰り返し読んじゃうな」

「そう。何度も味わいたくなるのが、食を題材にした芸術さ。しかし、味わいつくしたとき、客観的な理性は美的体験に飲みこまれて〈心酔〉の域に到ってしまう。そうして一度酔えば、そのテクストへの美的判断は、純粋理性に基づいて感性を省察したものとは言い難くなる。当然、理性ある体験から〈料理〉と〈料理を扱ったテクスト〉を分別してきた美学の境界も曖昧になってしまう。これがさっき僕の言った問題なわけ」

強いスコッチを飲み干したときに近い衝撃があった。

ひとつひとつの概念は旧知のものでも、黒猫が語ると古びた書物のなかの言葉ではなく、急に躍動感を帯び始める。

「ところで、『アモンティラードの酒樽』の話だけど、あれは男の復讐を描いた暗黒小説というだけじゃないんだよ」

「どういうこと？　ほかに解釈なんて……」

簡潔にまとめられた復讐の記録。ショッキングな復讐譚である以外に読み解き方があるなんて考えたこともない。

「復讐とは、つまり憎悪からくる行為だよね」

最初のさりげない一手。でもそれが、実は数手先に待ち受ける逆転劇の痛恨の一手だったことに、後になって気づかされる。いつもそうなのだ。

「まあ、そうだよね」

わかっていながらも、相槌を打つ。何より、論理の行き着く先が気になるのだ。

「あの小説の冒頭にあることを信じるなら、復讐の動機は長年にわたる侮辱の蓄積といったところだ。感情は芸術作品のなかできわめて重要なイデーだ。テクストは主人公がこの憎悪の感情を解放するところから始まる。僕は、その感情の解放の果てに何が残ったのか、が本当の主題ではないかと思うね」

「感情の解放の……果て？」

「感情のなかでも極めて強い色彩のもの、たとえば憎悪、悲哀、愛欲……それらは解放する行為自体より、そのあとの結果こそが重要だ」

「結果……友人のフォルトゥナートに復讐を果たそうとして……」

「それは極めて表層的な結果だよ」

「表層的？　どういう意味？」

「主人公が穴倉へフォルトゥナートを誘う最中、フォルトゥナートは主人公に、フリーメイソンの同志だけがわかると思しきサインをしてみせる。親愛の情を示しているわけだ。ちなみにこのときのフォルトゥナートが酔っていることから、日ごろの侮蔑が表層のもので、心底では主人公に深い情愛を持っていると見ることができるだろう。無論、そんなことで主人公の決意は揺るがない。

そしてついに思いを遂げようとしたとき、すすり泣くような声で、フォルトゥナートは初めて主人公の名を呼ぶ。『モントレゾール』と。モントレゾール、語源を辿ればmon trésorで直訳するなら〈私の宝物〉となる」

「私の宝物……」

殺意を知ったうえで呼ぶ友の名。そこにはそんな意味が隠されていたとは……。そう言えば、「フォルトゥナート」というのは〈幸運な人〉を意味する。テクストは途端にべつの顔を覗かせる。

新宿に着く。

ボトルからこぼれる液体よろしく山手線から我先にと降りゆく人々に押しつぶされそうになる。黒猫に腕をつかんですっと引っ張られ、どうにか降りることができた。年の瀬の人々はみな忙《せわ》しなく、独特の活気を帯びている。

南口へ向かいながら、黒猫は続ける。

「そして最後に文章は、ラテン語で『安ラカニ眠レ』と締めくくられる。その言葉によってはっきり刻印されてしまった。これは友情の物語だということが。だって、誰が憎悪の対象に安らかな眠りを願うと思う？」

あの毒気たっぷりの小説が友情を描いた作品だと言われても、にわかには信じられない。

「友人、フォルトゥナートはいわば幸福の象徴。そして主人公は自らの不幸を呪いながら幸福を憎み、なきものにしようとする。だが、それでも幸福を求める心の火だけは消えない。つまり、友情って僕が言ったのは、二重の意味でね。一つはフォルトゥナートと主人公の友情、もう一つは人間と幸福の友情」

「人間と幸福の友情」

「ポオはつねに虚無を謳《うた》いながら、幸福を求めてやまない作家だったのさ。だからこそ、現在まで深く愛され続けている」

その言葉を聞いたとき――自分が高校時代にポオに触れて、なぜあんなにも心が癒されていったのかがわかったような気がした。

愛する者と過ごした幸福な時間の輪郭を、そっと指でなぞるポオの手つきに、共感を抱いたのだ。

その手に導かれて――ここまでやってきた。黒猫の講釈は、いつの間にかポオと自分を結ぶ細い糸さえも照らしてくれていた。

比較的人気のない路地裏を進むうち、電光の看板が見えてくる。

『Fatale』

「着いたね」と黒猫。

「うん」

「ところで君はこう考えているね？　ここのバーテンダーはマグノリア・フミにただ美酒を飲ませ続けただけではない、と」

「うっ……」

そんなに自分はわかりやすい性格なのだろうか。見抜かれたのはこれが初めてではないから、もはや驚きはしないけれど、なんとなく悔しい。でも今さら仕方がない。

「安藤教授の話で腑に落ちないところがあったの。もしもここのバーテンダーと出会った時点ではまだ芙美さんが癌じゃなかったとしたら、バーテンダーは芙美さんが癌を発症するのをひたすら待っていたことになるよね。でもそれって、気の長い話だと思わない？」

「思うよ。それに、たとえ癌発症後に再会したのだとしても、気が長いのに変わりはないね。もちろん、じわじわ死ぬのを待つのが楽しいっていう悪趣味な奴もいるんだろうけど」

「でもそれよりも手っ取り早い方法が、世の中にはある」

「少しずつ毒を混ぜておく、かい？」

呆気《あっけ》なくバレた。

黒猫は溜め息をひとつつく。

「君の推理って陰気だよね」

「い、陰気ですって？」

「ふふ、いや褒め言葉」

「どこが！」

陰気という単語が褒め言葉に使われることなどあるわけがない。金輪際、絶対に。だが、黒猫はこちらにかまわず続ける。

「まあいずれにせよ、店に入ればわかるよ。ここはボトルキープ制だから、マグノリア・フミのキープボトルが残っているかもしれないしね」

芙美さんを殺した毒入りの美酒が、まだ眠っている可能性がある。そう思うと、思わず身震いしてしまう。

黒猫はさっさと店のドアを開ける。

途端にブルースが耳に飛びこんでくる。

「この声……」

「マグノリア・フミだ」

黒猫は微笑み、なかに入っていく。ドアが閉まりかけ、慌てて手で押さえて追いかける。

暖かい店内。ほの暗い明かり。燻《いぶ》された空気。

壁にはところ狭しと古いレコードが飾られている。

なんだか六〇年代のアメリカにタイムスリップしたみたいだ。

そして、そんなレコードのなかで、ピエロのようなお面が笑いかけている。

——まるで死神さ。

安藤教授のそんな言葉を思い出し、ゾクリとする。

「いらっしゃい」

一音一音をかみ締めるように丁寧な「いらっしゃい」だった。

そこに、黄色いチェックの蝶ネクタイをつけた、白髪のバーテンダーがいた。猜疑心に満ちた、眼光鋭い痩せ型の初老の男。真贋を見極めるような目で人を見ている。

この男が、死神……。

唾をごくりと飲み込んだ。確かめなくては。でもどうやって？

(もう少しそのあたりを考えてくれればよかった)などと今さら悔やんでも遅い——と思った時だった。

「久しぶりだね」

死神が、そう言って黒猫に微笑んだ。黒猫もその笑みに応じ、会釈を返した。

「え？」

「四年になって忙しくなるまではけっこう常連だったんだ」

黒猫はそう説明して腰かける。

なんだか狐につままれたような気分だ。

4

「アモンティラードを二つ」と黒猫が死神に告げる。

びっくりして小声で黒猫に尋ねる。

「アモンティラードって実在するの？」

「もちろん。シェリー酒のなかでもフィノをさらに樽で熟成させたものでね。産地や年代によっても風味は異なるけど、甘やかな香りと濃密な辛口がたまらないと言われている」

バーテンダーがすっとグラスを出してくれる。

琥珀《こはく》色の酒。

口をつけるとき、何ともいえないドキドキ感が伴うのは、ポオの短篇の穴倉を思い出すせいなのか、それとも死神バーテンダーのせいなのか。

しかし次の瞬間、そんなことは忘れてしまいそうになる。百年の時空を一瞬にして細胞が駆け巡る感じ。甘やかな恋と過激な復讐の繰り広げられる歴史ロマンがこのグラスという小宇宙で起こっているかのようだ。

「おいしい……」

こんなとき、出てくる言葉はありきたりなものだ。

そして、ぼーっとしてきた頭に、マグノリア・フミの歌声が染みてくる。なんだか一気にさまざまな人生をかいくぐってここにたどり着いたような気持ちになる。これが美酒の魔力なのか、それともマグノリア・フミのブルースの魔力なのか。

「幸田《こうだ》さん」

呼ばれたバーテンダーはグラスを拭く手を休めて黒猫のもとへやってくる。

「今流れてる曲って、ビリー・ホリデイの？」

「ああ、そうそう。I'm a fool to want you さ」

「マグノリア・フミのバージョンは初めて聴くね」

「結構いいだろう？　少し晩年のビリーに嗄れ具合が似ている」

「うん、似てるね。音楽的に聴けば決してうまいわけじゃないのに、深い悲しみによって魂が救い上げられるような不思議な感じがする」

深い悲しみによって救い上げられる魂。

それはちょうど今自分がイメージしていたこととも近かった。

半分ほど飲んでから、黒猫は言った。

「晩年のビリー・ホリデイは長年にわたる薬物使用によって声は嗄れていたし、音程も不安定になっていた。にもかかわらず、彼女の晩年のレコーディングはそれまでに類を見ないほど素晴らしいものなんだ。シェリー酒を一気飲みしたみたいに、歌を聴くたびに体中がカーッとなって、経験したことのない悲しみまで体感させてくれる。聴き終えたあとには、重苦しくも軽やかな心地になる」

黒猫は、遠くを見るような眼差しになる。いつもより少しだけ優しげな目だ。

「マグノリア・フミのキープ、ある？」

突然問われて、幸田さんは一瞬驚き、警戒の目を向ける。が、すぐに穏やかな笑みを浮かべ、頷く。

「あるよ」

「飲んでみたいんだ」

幸田さんは、じっと黒猫の顔を見る。その目に笑いはない。

「いいとも」

幸田さんは背後の棚の中から真っ黒い瓶を一つ取り出す。

FUMI FUKUZAWA

ラベルにそう書かれてあるのが読める。

「ここのお店ではキープボトルのラベルに名前と、自分だけのボトルネームをつけることができるんだ」

「へえ……」

「つまり、ボトルを一本キープした瞬間にその酒は酒造メーカーの名前を離れて持ち主の自由な名前になる」

「味覚は主観的なもの、ということへの一種のアイロニーみたいなもんだね。私なりの」

と幸田さん。

ずいぶんと粋なことを考える。ラベルを作成するだけでも毎日となれば手間だろう。

しかし、このボトルの中身は単なる美酒ではなく、毒入り美酒なのかもしれない。それをこれから飲むのだから、緊張が走り、酔いも一気に冷めてしまいそうになる。

幸田さんが開栓したときだった。

「あ、ちょっと待って」

黒猫は手で制し、ボトルに鼻を持っていって匂いを嗅ぎ、

「思ったとおりの芳醇な香りだ」

と含みのある笑みを浮かべて幸田さんを見る。

幸田さんは——苦笑いをしていた。

「こんないい酒を二人であけるのはもったいない。もう一人ゲストを呼ぼうじゃないか」

「え？　ゲスト？」

「君、大学に電話かけてくれる？　まだ安藤教授、残ってるんじゃないかな」

いったい、この男は何を考えているのやら。

5

「幸田さん、マグノリア・フミには恋人はいたのかな？」

黒猫はアモンティラードのグラスを空にする。

幸田さんはつまみの用意をする手を休めずに答える。

「聞いたことないなあ。それに男が変わると服や化粧が変わるようなタイプではないから、外見じゃわからないしね」

「なるほど」

「そういえば、一度だけ結婚はしないのかと尋ねたことがあるんだ。でもね、『結婚は絆を発酵させる。駄酒になるか美酒になるかは賭けよ』とか言っていたね。そして、自分はそんな賭けに出る気はさらさらない、と」

自分は芙美さんと恋愛観も結婚観も違う。だから彼女の考えはまだよく理解できない。

「まあ、君はそこでふむふむって頷いていればいいよ」

心中を見透かされ、コクンと頷く。たった一杯で酔ったらしい。

黒猫は安藤教授がくるまでのあいだに、とニュイ・サントアンを注文する。だが、それを注ぐより早く、外でタクシーの止まる音がした。やがて、店のドアが開く。

「いらっしゃい」とゆっくり丁寧に幸田さん。

しかし、客の安藤教授はそれには答えず、不機嫌な表情のまま幸田さんに一瞥をくれ、そっぽを向く。

「黒猫クンに誘われては、来ないわけにはいかないからね」

仏頂面のままカウンターのいちばんドア側に陣取る。黒猫と安藤教授に挟まれてお酒を飲むというのは、学内女子からしたらやっかみの対象なのかもしれないな、とふと思う。

「安藤教授、マグノリア・フミを偲ぶ会へようこそ」

「悪趣味な男だな」

光栄です、と黒猫は適当な返事をする。

音楽が止まった。レコードを入れ替えるようだ。

「このレコードは来週発売になるものです」

音楽が始まる。ラヴェルの曲をジャズ風にアレンジした前奏から入り、徐々に盛り上がりを見せるセッション。そして歌いだすヴォーカル。やはり――マグノリア・フミの声だった。

「これは……」

絶句する安藤教授に、幸田さんが説明を加える。

「『水の戯れの終りに』。芙美さんが作曲も手がけています」

「……」

黒猫は安藤教授に、壁のほうを指し示す。

「あそこにかかっているお面は彼女のヴェネチア土産です。幸田さん、そうですよね？」

「よくわかるね」と幸田さん。

「ちょっと毒気の強いいたずら、といったところですね。だんだん彼女のひねくれぶりがわかってきて僕も愉しくなってきました」

何のことかまるでわからない。

「中学から今に到るまでのご親友がヴェネチアをお好きなんだそうで、その影響だと言っていましたよ。いつかその方がこの店にきたら、自分のジョークに苦笑いしてくれるはず

いる。

だ、と」

安藤教授のリーゼントは疲れて見えるのに、その瞳は少年のように不安と輝きに満ちている。

「これが彼女のキープボトルです」

黒猫に言われてボトルのラベルの部分をみた安藤教授の表情が秒刻みで変わっていく。グラスのなかの氷みたいに、静かに。

「幸田さん。開けてもらえる?」

幸田さんは黙って頷くと、芙美さんのボトルを三つのグラスに注ぎ分けた。透明な液体が三つのグラスに注がれる。

「幸田さんも飲みましょうよ」

黒猫の誘いに、幸田さんは頷く。

「毒入りボトル説」が揺らぐ。もしも毒入りなら、それが微弱なものであれ、仕事中であることを理由に断るはずだ。

しかし、幸田さんはグラスを新たにもう一つ出し、同じようになみなみと注いだ。

四人それぞれにグラスをもつ。

安藤教授は、そのグラスのなかの液体を惚れ惚れと眺めている。そこには、さっきまでの憎々しげな様子はない。

「幸田さん、といいましたかな」

安藤教授はグラスから顔も上げずに、厳《おごそ》かな調子で言う。

「はい」

「芙美は昔あなたをいじめていた、と言っていました」

すると、幸田さんは照れくさそうに笑う。

「いじめていた、というのとは違います。私は芙美のことが好きで、金魚の糞みたいについて回っていました。ときどき邪険にもされましたね。彼女は一人の時間が必要な子供でしたから。でもいじめられていたと思ったことは一度もありませんよ。

たしかに、彼女の転校後に私はいじめられた。でもね、金持ちのぼんぼんだった私は、もっと前から服装や他のいろんな点でみんなに嫌われていたんですよ。みんな芙美がいなくなるまで、私に手出しできなかったというのが本当のところでしてね」

見方を変えれば世界は反転するものだ。もちろん、これも幸田さんがそう話しているだけで、実際の心中はわからない。真実は深海を泳ぐ魚のようなものなのだ。

幸田さんはこう付け加えた。

「私にとっては、芙美はただ一人の〈運命の女《ファム・ファタール》〉ですよ。今も昔もね」

「その……彼女とは……」

聞きにくそうに、しかしどうしても気になるらしく、もごもごと安藤教授が口を開く。

幸田さんは静かな口調でそれに答える。

「彼女は誰かと恋愛をしていたかもしれませんが、その恋愛は彼女の顔に憂いは刻んでも、それ以上の絆を残すものではなかったでしょう。そのことは、あなたのほうが詳しいような気がしますね」

黒猫は、二人の会話を穏やかな笑みで見守りながら、グラスを持ち上げる。

「乾杯しましょうか。彼女の冥福を祈って」

男三人はグラスを軽く持ち上げ——グラスに口をつける。

「これは……」

安藤教授が絶句する。

幸田さんは穏やかな笑みを浮かべている。

黒猫は、ニヤッと笑ってこっちを見る。遅れて透明な液体を口に含む。

「これ……」

すっとしていて、仄かに甘く、ひんやりしているのに身体のどこかが温かくなる。決してカーッと燃え上がるようではなくて、ただ静かに身体の奥深くに沈んでいく。

「水……よね?」

「そう。幸田さん、この水の産地は?」

「F県の天然水です」

「F県……」

安藤教授が、グラスを落とさんばかりにハッとしている。

「芙美はF県での出来事をよく私に聞かせてくれましたよ。あそこは日本のヴェネチアだ、と。そこでかけがえのない親友を得た、とも」

親友――。

安藤教授の話では、彼女は親友など作るタイプではなかった。だが、彼女は親友を得たと幸田さんに話していた。かけがえのない親友を。

人の心は見えない。

見えないからこそ、怖くもあり、悲しくもあり、いとおしくもある。

芙美さんは幸田さんに〈親友〉という言葉で、たぶん安藤教授のことを伝えた。もちろん、親友の域を超えた執着をそこに見出すことだって不可能ではなかろう。

でも、すべては終わったことなのだ。彼女はさまざまな秘密を内包したまま旅立った。

レコードのなかで、彼女はなおも哀切な嗄れ声で歌い続ける。

人生の孤独と、輝きを、神々の水遊びになぞらえた歌詞にのせて。

黒猫がグラスの水を眺めながら言う。

「そういえば、安藤教授が研究されているアンリ・ド・レニエは、水のイメージを大事にする作家でしたね。ラヴェルの『水の戯れ』の歌詞が彼のものだというのは案外知られていませんが」

「レニエは水と恋を歌い続けた。陰鬱な象徴主義の詩人たちのなかにあって、その粋な精神はまさに水そのものだよ」

「同感です。象徴派のなかでは、群を抜いて軽やかなセンスの持ち主です。深みを追求するのではなく、瑞々しい感性を紡いだ稀有《けう》な作家。それはきっと彼が水と接する喜びを知っていたからです。彼にとって水は忘れ得ぬ恋のメタファーだった」

黒猫は、安藤教授と幸田さんを交互に見た。

「ちょうど、お二人にとって芙美さんがそうであるように」

安藤教授は固く目を閉じた。

その顔には不思議な憂いと喜びが見え隠れしている。

そして、それは幸田さんも同じなのだった。

二人は、水を一口一口ゆっくりと口に含む。

「では、我々は二軒目に行くのでそろそろ失礼します」

黒猫は、そっとこちらの腕をとって促した。

6

アルコールで微かに火照《ほて》った身体に、冷たい風が吹きつけ、すっかりしらふに戻される。しかし、酔いとは違う、満ちたりた感覚が胸の奥にある。もちろん、まだしっくりこない部分もある。

『『アモンティラードの酒樽』だね』

唐突に黒猫が口を開く。

「え？」

「いや、今回の一件さ。最後に友情が残った」

「ああ……。ねえ、芙美さんは安藤教授のことが好きだったのかな」

「さあね。死人に口なしだ。安藤教授のことを大切に思っていたのは確かだろう。気づかなかった？　教授控室にインク壺があっただろう？」

「あ、朱色の漆塗りのでしょ？」

「あれはレニエの『硯箱』という詩の一節に出てくるインク壺を想起させる。安藤教授があれを使いだしたのはこの一週間のことさ。保管しておいた贈り物を、彼女の死後に使うことにしたんだろうね」

「それが彼女からの贈り物だってどうしてわかるの？」

「レニエの詩に『わが頰は懐旧と快楽の想ひにほてりて、そが朱漆の如くに赤かるべし』

とある。愛する者からの贈り物にこそふさわしいだろ？

もっとも、これだけじゃ彼女からかどうかはわからなかったんだけど、バーの壁にかかった仮面を見たとき、彼女のひねた笑いの心情が見えた気がしてね。あの仮面は、レニエの短篇小説『復讐』を連想させる。さっき毒気のある冗談だと言ったのはそのためなんだ。『復讐』は仮面をつけた友人に殺される話だ。彼女は幸田さんに『私に復讐してもいいのよ』とふざけ半分で言っているんだね」

「う……それ、本当に悪い冗談だわ」

「悪い冗談ってのは、仲がいいからこそできるものさ。マグノリア・フミはひねくれ者だから、インク壺も安藤教授の恋情を知っていてからかっただけ、とも取れる」

芙美さんがどちらかに恋をしていた可能性はあるのだろうか。そうであってほしいと願うのは、自分が「恋する乙女」だからなのだろうか。

「あと、残された歌のタイトル、それと、ボトルのラベルもね」

「ボトルのラベル？」

「『jeux d'eau』、日本語に直せば『水の戯れ』だ」

「あ……」

「そして中には本当に水が。それも安藤教授と彼女の思い出の地の」

「うん、軍配は安藤教授ね。好きだったんだよ、きっと」

「でも毎晩通っていたって意味では、幸田さんを好きだった可能性だって拭えないさ。答えはない。それが答えなんだよ。彼女は答えを残さなかった。だから最後に残ったのはやっぱり——」

「友情？」

「そう。そして、もうひとつ確かなこと。それでも、安藤教授と幸田さんにとってマグノリア・フミは運命の女《ファム・ファタール》だったってこと」

さっきの二人の目を思い出す。

彼らの瞳は、女神に見惚《みと》れる少年のそれのようだった。

「もしかしたら、あの二人が今夜みたいに彼女のボトルを囲む姿を想像してほくそえんでいたのかもしれない」

今頃、二人は何を話しているのだろうか？

思い出をどれだけ語っても、きっと本当に欲しい答えは出ない。

それでも——あのボトルを囲むあいだ、二人は幸福感に包まれているのではないだろうか。

「芙美さん、素敵だな。憧れちゃう」

「君の歌唱力じゃあシンガーは無理じゃないかな」

「だ、誰が歌手になるって言ったの！」

黒猫はそ知らぬ顔で先を行く。

その背中を追いながら、黒猫がパリに行ってしまったあとのことを考える。

それは、もうほんの二、三ヵ月後のことなのだ。

なのに、いくら考えてもうまく想像できていない。

黒猫とこんな風に話をするようになってまだ一年にも満たないのに、黒猫と歩くことがすっかり日常の風景として沁みついてしまったのだ。

黒猫のいなくなったあと、街の風景はどんなふうに見えるのだろう？

わからない。

わからなくて、じっと灯を見つめた。

JRの高架下をくぐる。その向こうには繁華のネオン。

「もう少しだけ歩いて帰ろうか、モントレゾール君」

「え……？」

黒猫は優雅で意地の悪い笑みを浮かべている。

冗談なのか、深読みをしていいものか、迷いながら、それでも相変わらず、頷く。街ゆく人々を見守るイルミネーションは、宝物《トレゾール》さながらだ。

人々の群れのなかに、飲みこまれながら思った。

黒猫は何を残してパリへ旅立つのだろう？

　それも――やっぱり友情？

「見なよ、マグノリア・フミだ」

　ビルの巨大スクリーンに、マグノリア・フミが映し出されていた。『水の戯れの終りに』のコマーシャル。その歌声に、街のネオン全体が火照るような気がした。

　いま、新宿は巨大なボトルになっているに違いない。

　マグノリア・フミの、最期の一壜に。

　だから――こんなにも頬が熱くなるのだ。

エピローグ
「モントレゾール君――だってさ」

口を尖らせて呟いたのは、S公園を抜けた先にS神社の鳥居が見えてきたときだった。木々の繁みを抜けたところにそれほど大きくはない、古めかしい雰囲気の神社が現れる。

　初詣をする人は存外多いようで、がらんがらんと鈴を鳴らす音が威勢よく聴こえてくる。その音で、ようやく現実に帰ってこられた。

　——では行こうか、モントレゾール君。

　エコーのように、三年前の十二月に黒猫が新宿のネオンを見ながら言った言葉が胸に響いていた。

　深読みしようと思えばできる。

　モントレゾール——〈私の宝物〉。あの黒猫が意味を意識せずに使ったということが考えられるだろうか？

くすぐったい愉悦に酔うには、三年前の風景はあまりにも遠い。黒猫にその時のことを問いただして「忘れた」と言われてしまえば、それまでだ。

記憶なんてほじくり返すものではないな。危険危険。首をぶるぶる振って頭の中にわき始めた〈妄想菌〉を追い払う。

「どうした？　水浴びした犬みたいに首振って」

「だ……誰が！」

振り返って見つけたのは──黒猫だった。

黒の袴に濃紺のショールという落ち着きのある着こなしが、冬空の寒さにも背筋をしゃんとさせるような精悍な雰囲気を醸し出している。

黒猫は手を差し出した。

「お手」

「ワン……って言うわけないでしょうが」

顔を背けたのは、頬が熱をもっているのを悟られまいとしたからだ。顔に窓がついていれば、もっと素早く換気を行えるのに。

鳥居を潜ると、その先に立派な狛犬が左右に鎮座しているのが目に入る。

「この神社、そんなに大きくないけど、これでも大昔はここら一帯の守り神だったらしいよ」と黒猫。

「へえ。じゃあこの九ヵ月、私たち守り神のお膝元で美学談義をしていたわけね」

Ｓ公園のベンチで話すのは、ほぼ日課のようになっていた。

「黒猫がＳ公園のマンションに部屋借りたのってどうして？　大学には前の阿佐ヶ谷のほうが近かったんじゃない？」

「何だ、そんなことか。西武線沿線に住んでおけば、所無駅に住んでいる君に近いだろ？」

「な、なななな何を……」

顔に全身の熱が大集合していく。

「そうなれば、講義に出ていない日でも、唐草教授や事務からの頼まれ業務を付き人である君に届けてもらえるだろ？」

「……私を使うためか！」

勘違いした自分か、勘違いさせる言い方をした黒猫か、どっちに怒ったらいいのかわからなくなる。

「なんか、今日の君、歩くの早くない？」

「フッーです、フッー」

「普通の意味知ってる？」

　黒猫は笑いながら背後をついてくる。

「そう言えば、初めて見るね」

「何が？」

「振袖姿」

「ああ……そうだね。初めて着るもん」

「それと、髪をアップにしてるのも」

「そうだっけ？　たしかにあんまりしないかな」

「寝癖ならたまに見るんだけどね」

「ムッ」

　そんなにしょっちゅうではない。

「最初に君と口をきいた日も、寝癖がついてたな」

　その言葉が、閉じかけた記憶の蓋を、またこじ開ける。

　寝癖――。

　また三年半前の五月がフラッシュバックする。

　ここは教室。

　ああ、これは五月の――〈優美な屍骸〉のとき。

　ん？

何かが、変だ。

左耳に当てた手。

黒猫に言われた後のことだ。

――君の髪にすっごい寝癖がついてたから。今もだけど。

あの日、左耳の上の辺りにひどい寝癖がついていた。

それがどうしたのだろう？

何が変なの？

もう一度、教室を思い浮かべる。今度は自分の視界から離れ、教室全体を俯瞰《ふかん》で捉えてみる。

黒猫がいたのは、教壇に向かって右側の後方にある入り口付近の席。対して、こちらは教壇に向かって左側、前方窓際にいたのだ。

寝癖があったのは――左耳の上の辺り。

黒猫の位置から、それが見えたのだろうか？

見えたはずはない。

見えたとしたら、授業の後か、茶室に向かう途中に彼に遭遇したときか、そのいずれか。

あの時、黒猫は「真っ黒な書物は／焼かれながら／彼女を眺めていた」という詩の「彼女を眺めていた」という述部を書いた理由を、寝癖のせいにした。

しかし、教室の黒猫の位置からこちらの寝癖が見えていなかったのなら、黒猫は、なぜ自分を見ていたのだろう？

なぜ「彼女を眺めていた」と書いたのだろう？

その簡潔な文章に、ほかの意味が芽生えるはずはない。

「投げないの？　お賽銭」

いつの間にか拝殿にたどり着いていたようだ。

「な、投げるよ」

「待った、それ万札」

「え……あっ……」

財布にしまおうとした拍子に、一万円札は指からハラリと飛び去っていき、賽銭箱に吸い込まれていった。

さらば、諭吉様。手をパンパンと勢いよく合わせる。

「ものすっごく、いいことがありますように！」

「願いごとは黙ってするものだよ。しかも曖昧すぎる」

「いいの！」

やけくそになりながら鈴を鳴らす。なんて年始だ。

それと言うのも――。

「黒猫が悪いんだから」

「君がボーッとしてると、僕のせいになるわけ？」

「そう！」

　このもやもやをどうしてくれよう。

　つい先日もそうだった。

　思い過ごしだと言い聞かせる気持ちと、もしかしたら、という淡い期待の間で右往左往させられてきたのだ。

　黒猫の思考はあまりにも目まぐるしくて、その視線の行方を追いかけるうちに、見失いそうになる。

　――たとえば僕は、つねに一秒後の僕によって更新されている利那的な存在に過ぎない。

　三年前の十月の事件のとき、黒猫はそんなことを言った。

　利那――ほんの一瞬でしかない今の積み重ね。

　だからこそ、その利那の眼差しを、一秒後も一万秒後も、となりで追い続けたいと願う。

　研究も、日常も。

　黒猫のいない二年間は目的を見失いかけたりもした。でも、大学時代、いかに黒猫に助けられていたかを再認識することもできた。卒業論文だって、院試だって彼の〈卒論指導〉がなかったら、どうなっていたことかわからない。

それを思い知っただけでも、成長できた気はする。

そして今——いろんな時間を経て、二人は同じ場所にいる。

新しい一年も、そんな風に続けばいい。

その先のことは、考えまい。


拝殿の階段を下りると、黒猫はこちらの顔を覗き込んだ。

この男は、時折、猫のようにいたずらっぽい表情を作る。

「……どうかしたの？」

「ランチでも奢《おご》ろう。一万分の一くらいは今日のうちに叶えておかないと、君の願い全部は年内に成就しそうにないからね」

「いいよ、べつに……」

言いかけていると、黒猫がこちらの手を取って歩き出した。

「まあ意地を張るな、文無しクン」

「文無しじゃないよ。私には小銭という強い味方が……」

「まだ昼まで少し時間があるな」無視か。「たまにはS公園の池でボートにでも乗ろう」

「それ、賛成！」

我ながら単純だ。いともあっさり気持ちを切り替え、神社を出る。

その先に、Ｓ公園の池が見える。

水面のゆらめきの上では、太陽から生まれて地上に降り立った光たちが、そこかしこに散らばって遊んでいた。

ボートの上からなら、その輝きはどんな風に見えるのだろう？

光のように一瞬で過ぎる今日——。

でも、その中にはその瞬間の永遠があるのかもしれない。

三年半前の二人は限られた一年のなかを、今も終わらないレコード盤のように回り続けている。そして、今は今だけの永遠がある。

たぶん、それでいいのだ。

きらめく水面に映る二人は、どんな顔をしているのだろう？

心の奥の、奥の奥に、留めておきたい。

冷たい手をとり歩く、
黒猫の刹那を。

fin

主要参考文献

『ポオ小説全集1』エドガー・アラン・ポオ／阿部知二他訳／創元推理文庫
『ポオ小説全集3』エドガー・アラン・ポオ／田中西二郎他訳／創元推理文庫
『ポオ小説全集4』エドガー・アラン・ポオ／丸谷才一他訳／創元推理文庫
『黄金虫・アッシャー家の崩壊 他九篇』ポオ／八木敏雄訳／岩波文庫
『美学辞典』佐々木健一／東京大学出版会
『美学のキーワード』W・ヘンクマン、K・ロッター編／後藤狷士、武藤三千夫、利光功、神林恒道、太田喬夫、岩城見一監訳／勁草書房
『芸術学ハンドブック』神林恒道、潮江宏三、島本浣編／勁草書房
『茶と美』柳宗悦／講談社学術文庫
『作者の図像学』ジャン＝リュック・ナンシー、フェデリコ・フェラーリ／林好雄訳／ちくま学芸文庫
『ナジャ』アンドレ・ブルトン／巖谷國士訳／岩波文庫
『初舞台・彼岸花 里見弴作品選』里見弴／講談社文芸文庫

『ニワトリ　愛を独り占めにした鳥』遠藤秀紀／光文社新書
『最後の一壜』スタンリイ・エリン／仁賀克雄他訳／ハヤカワ・ポケット・ミステリ
『水都幻談』アンリ・ド・レニエ／青柳瑞穂訳／平凡社ライブラリー
『復讐』アンリ・ド・レニエ／森鷗外訳／青空文庫

『黒猫の刹那あるいは卒論指導』刊行記念インタビュウ

聞き手：ブックファーストルミネ北千住店　リーダー
鈴木香織

――黒猫シリーズ四作目にあたる『黒猫の刹那あるいは卒論指導』（以下『刹那』）の刊行を記念してインタビュウをさせていただきます。『刹那』も、とても楽しく拝読しました。ページをめくる手をとめられないほど面白く、読み終わってしまうのが本当に辛かったです。本日は、よろしくお願い致します。

森晶麿（以下森）　ありがとうございます。よろしくお願いします。

――まず、黒猫シリーズの学生篇を文庫書き下ろしで刊行された経緯を教えてください。

森　『黒猫の遊歩あるいは美学講義』（以下『遊歩』）で第一回アガサ・クリスティー賞を受賞した直後、編集部から「黒猫と付き人が学生時代の短篇を」というリクエストがあって、「最期の一壜」を書きました。その頃から、次に短篇集を出す機会があったら、どういう構成にするかは考えていましたね。その後、『黒猫の接吻あるいは最終講義』（以下『接吻』）の刊行前後に「二人の出会いのお話を」という依頼で、「数寄のフモール」を書いた際、ゼロ・エピソード集になるかな、と。

文庫書き下ろしにしたのは、タイミングによるところが大きいです。『遊歩』の文庫版から二ヵ月後の刊行ですから、まだ『接吻』や『黒猫の薔薇あるいは時間飛行』（以下『薔薇』）まで読んでいない方もいる。『薔薇』の続きを出すならともかく、学生篇を出すなら、文庫で出したほうがより多くの方に触れていただけるのではないかと思いました。まあ、「卒論指導」とタイトルにもあるので、全読者への「学割」みたいに思っていただければ（笑）。

――タイトル通り、黒猫による卒論指導を通して「研究とは何か」を非常に考えさせられました。タイムマシンがあったなら、大学生の頃の私に、当時熟読していた北村薫さんの『六の宮の姫君』（創元推理文庫）とあわせて「何をおいても読め」と薦めに行きたいくらいです。このテーマを選んだ意図などございましたら教えてください。

森　大学生でも社会人でも、教えられることを吸収したり、与えられた仕事をこなすだけでは、いつまでも自分の血や骨になりません。ある程度吸収して自分のなかで体系立つのを待っている人もいるでしょうが、それは「千冊読まないとものが言えない」と考えるようなもので、吸収物を血や肉に変える運動が足りないのではないかと。

今回、「卒論指導」というタイトルをつけたのは、卒業論文は大学生が積極的探究心を得る（＝運動習慣を得る）ファーストゲートだと思ったからです。

――ご自身の専攻や卒業論文はどういった内容だったのでしょうか。また、研究の苦労話などありましたら、あわせて伺えますか。

森　大学では仏文専修で、「探偵小説と巴里」というテーマで卒論を書きました。いざ始めてみると原文に当たる辛さに逃げ出したくなりましたね。語学、苦手なんですよ。構成面でもまさに暗中模索でした。先に資料に当たっていたんですが、調べ始めるとどうしても知らないことが圧倒的に多くて、いつまで経っても自論を展開させるところにたどり着けない。後手に回ってしまうなあと焦りました。結局、資料調査は大まかな段階にとどめて、先に問題に対する結論予測を立てて、書き進めながら精査するという方法に切り替えました。稚拙ながら一歩踏み出したわけですね。考えてみれば黒猫シリーズもこのやり方で書いているのかもしれません。

――『刹那』では、そうしたご経験が生かされているんですね。作中で「私」も感心していたように、斬新な解釈に毎回、目から鱗が落ちています。こうした着想はいつ生まれるのでしょうか。「図式的推理」や「遊動図式」、私も習得したいです（笑）。

森　ありがとうございます（笑）。黒猫シリーズの場合は、最初にポオのどの短篇を扱うかを決め、その話から導き出せそうな美学的キーワードはないかなとざっくり探ります。次にキーワードをもとに芸術の要素を二つ並べて、それが絵になりそうだったら小説を書き始めます。黒猫が蘊蓄《うんちく》をしゃべりだす場面まで来たところで、半日ぐらいかけてもう一度ポオの短篇を精読すると、目の錯覚で浮き出て見える絵みたいにイメージが浮かんで、すっきり解体できます。それは真相かもしれないし、錯覚かもしれません。

――本書では、数寄、芸者、鶏、栗鹿の子といった和を感じさせるキーワードが多く出てきました。これも何か意図がおありだったのでしょうか。

森　どんな研究でも別世界のことを扱うわけではなくて、現実と地続きであるという意味で、あえて和のキーワードを若干多めにしています。身の周りから発見することを忘れない、という「物の見方」の基本姿勢は「卒論指導」の初めの一歩かなと考えました。

――こうして連作短篇として作品が組み直され、雑誌掲載時とはまた違った味わいがありました。『遊歩』以来の連作短篇形式ですが、過去のご自身の作品と比べて、変化を感じた部分がありましたらお聞かせください。また、雑誌掲載時から今回のラストを見越して執筆されていたのでしょうか。

森　「数寄のフモール」と「最期の一壜」は、最初から短篇集の第一話と最終話にしようと考えていました。あとは間に挟まる作品にどうメリハリをつけるかですが、執筆期間が少しあいたこともあり、振れ幅が大きく、毒気の強いものからスウィートなものまで楽しめる内容になったと思います。

変化といえば……『遊歩』を書いていた頃に比べると、肩の力が抜けたのか、文体も論